나지막한 톤으로 풀어놓은
삶 이야기 구석구석에
자연스러운 풍경처럼
책 이야기가 자리하고 있다.
―〈중앙일보〉 이은주 기자

저자는 자신의 '마음속 서재'를 만들었다.
때로는 편지처럼,
때로는 속삭임처럼
책을 화두로 여러 얘기를 풀어놓았다.
―〈주간동아〉 877호

문학과 인문서를 넘나들며 풀어내는
그의 글에는 읽는 이의 마음을 끌어당기는 힘이 있다.
―〈한겨레신문〉 허미경 기자

마음의
서재

세상 밖으로 나가는 모든 길이 막혔다고 느끼는 순간

우리가 서로의 보이지 않는 벗임을 잊지 말자

가장 중요한 것은 끝내 이기는 것이 아니라,
인생의 막다른 골목에서도 '혼자'가 아님을 깨닫는 것이니까.
어떤 상황에서도 조건 없이 사랑받고
계약 없이 사랑할 수 있는 능력을 잃지 않는 것이니까.

정여울 감성 산문집

마음의 서재

정여울 지음

이승원 · 정여울 사진

천년의상상

개정판 지은이의 말　11　　　　초판 지은이의 말　17

• 하나

거기 있는
것만으로도
충분한 사람   23

• 둘

말하진 않았지만
온몸으로,
온 마음으로

79

• 셋

아직도 오늘은
조금 남아 있으니까

137

• 넷

우리가 서로의
보이지 않는
벗임을 잊지 말자 201

번쩍, 하는 인문학적 순간 265   나만의 글쓰기, 나만의 비평을 시작하자 275

누군가에게 '사유의 씨앗'이 되는 글쓰기를 꿈꾸며

작년에 부푼 기대감을 안고 폼페이에 갔다가 예상치 못한 장대비를 만나 혼쭐이 난 적이 있다. 우산으로도 어쩔 수 없는 장대비 때문에 옷은 물론 가방까지 온통 젖어 폼페이의 진면목을 속속들이 엿볼 수가 없었다. 하지만 이상하게도 폼페이에서 돌아온 후 잊을 수 없는 하나의 이미지가 있었다. 나는 분명 사라진 옛 문명의 유적들을 보러 간 것인데, 머릿속에 더욱 강렬한 인상으로 남아 있는 것은 폼페이의 폐허를 뚫고 자라난 강인한 들꽃들이었다. 식물들이 마치 수천 년의 시간을 가로질러 우리에게 어떤 간절한 메시지를 보내고 있는 것 같았다.

사람들과 건물들은 화산 폭발 당시의 불과 연기와 재에 갇혀 영원히 멈춰버린 시간 속으로 사라져버렸지만, 식물들은 이천 년간 자신의 씨앗을 잘 보존했다가 좋은 환경을 만나자 다시 아무 일도 없었다는 듯 부활해버린 것 같았다. 물론 이것은 나의 엉뚱한 상상이었지만, 알고 보니 놀랍게도 실제로 생태계에서는 그와 유사한 일이 일어나기도 한다고 한다.

식물들에게는 마치 아무 일도 일어나지 않은 것만 같았다. 폼페이에도, 콜로세움에도, 포로 로마노에도, 제2차 세계대전 당시 포화의 흔적이 아직 선연하게 남아 있는 하이델베르크의 고성古城 폐허에도, 한국전쟁의 참혹한 기억이 휩쓸고 지나간 우리의 비무장지대에도, 식물들은 무심하게 마치 아무 일도 없었다는 듯이 천연덕스레 잘 자라고 있다. 언젠가 지구에 대재앙이 일어나 모든 생명체가 위기에 빠질지라도, 지구의 주권을 말없이 조용히 지켜나갈 주인공은 사나운 맹수나 탐욕스러운 인간이 아니라 늘 가타부타 말이 없는 식물들이 아닐까.

나는 그런 강인한 풀꽃 같은 글, 그렇게 조용히 시간의 흐름을 이겨

내는 들풀 같은 글을 쓰고 싶다. 내게 들풀 같은 글이란 '책으로서의 장수'가 아니라 독자들의 '마음속에 남는 문장의 온도'를 말한다. 오랜 시간이 흘러 더 이상 나와 나를 아는 사람들이 이 세상에 존재하지 않을 때에도, 한겨울에도 파릇파릇하게 아무 데서나 돋아나는 꿋꿋한 들풀처럼. 그렇게 화려하진 않지만 누군가의 마음에 따사로운 온기를 남는 글을 쓰고 싶었다. 《마음의 서재》를 집필하면서 나는 항상 어떤 영혼의 열병을 앓고 있었던 것 같다. 그 아픔은 망가진 나를 치유하는 과정이기도 했고, 세상의 온갖 마음의 질병을 조금이라도 함께 앓고 함께 치유하고 싶은 서툰 몸짓이기도 했다. 이번 개정판을 내면서 나는 《마음의 서재》를 통해 좀 더 '아픔에서 치유된 나'의 밝은 에너지를 독자들과 함께 따스하게 나누고 싶었다.

가끔 자꾸만 나약해지려는 나에게 스스로 묻곤 한다. 아무에게나 밟히지만 기어이 살아남는 그런 들풀 같은 글을 쓸 수 있을까. 꽃은 시들고 나무 또한 언젠가는 말라죽을지라도, 이름 없는 들풀은 누구도 신경 쓰지 않기에 끝내 살아남는다. 《마음의 서재》는 그런 작가가 되고 싶다고, 스스로에게 다짐을 할 수 있게 해준, 내 마음의 들풀 같은 책이다. 내 책들 중에 가장 힘든 산고를 거쳐 나왔기에 더욱 애착이 가는 책이기도 하다. 독자들이 내 글을 좀 더 친밀하게 느낄 수 있기를 꿈꾸며, 개정판에는 새롭게 사진과 캡션을 넣었다. 내가 휴대폰으로 찍은 사진도 있고, 늘 나와 함께 여행해준 이가 카메라로 찍은 사진도 섞여 있다. 서툴지만 내가 찍은 사진을 넣은 이유는 이전의 글이 '액자 속의 그림'처럼 눈에는 보이지만 왠지 손으로 만질 수 없다는 느낌이 들어서였다. 그 사진들의 페이지마다 여러분의 얼굴을 그려 넣어보며 《마음의 서재》를 읽어주셨으면 좋겠다. 우리가 직접 만난 적이 없을지라도, 사진을 통해 그 시간 그 장소에 나와 당신이 함께 있다는 느낌을 간직할 수 있도록. 당신이 내 곁에 없어도 이 글과 이 사진을 통해 우리가 아직 함께 같은 하늘 아래 살아가고 있다는 느낌을 소중하게 간직하고 싶다.

개정판을 위해 날카로운 눈빛과 섬세한 손길로 글과 사진을 다듬어주신 편집자 홍보람 님, 무려 15년 동안 변함없는 내 친구가 되어주신

편집자 선완규 님, 그리고 《마음의 서재》를 이전과 전혀 다른 빛깔과 윤곽선으로 다듬어주신 디자이너 아틀리에 님께 감사드린다. 나와 함께 그 모든 고생스러운 배낭여행을 함께해주며, 때로는 눈물겹고 때로는 '웬수 같은' 시간을 묵묵히 견뎌준 사람, 이 책에 담긴 소담스러운 사진을 같이 찍어준 이승원 선생님께 이 책을 바친다.

—나의 눈물과 미소와 고민과 추억의 씨앗이 담긴 이 책이
부디 여러분들에게 먼 훗날 새로운 '영감의 씨앗'이 되기를 꿈꾸며
2015년 2월, 봄을 기다리는 글래스고에서

• 무슨 책을 읽어야 인생이 바뀔까

볼 때마다 왠지 모르게 가슴 설레는 그림이 있다. 이를테면 베르메르Johannes Vermeer의 〈편지를 읽는 여인〉이 그렇다. 우연히 방문한 드레스덴미술관에서 나는 이 그림을 보고 발길을 떼지 못했다. 창가로 밀려드는 햇살을 등불 삼아 편지를 읽고 있는 그녀의 발그레한 볼을 보는 순간 나도 모르게 그녀처럼 얼굴이 붉어졌다. 이 순간, 마치 이 세상에는 편지 한 장과 그녀 자신밖에 없는 듯했다. 기이한 열패감과 맹렬한 질투심이 한꺼번에 끓어올랐다. 나는 결코 이 여인이 읽고 있는 편지의 은밀한 기쁨에 참여할 수 없다는 생각 때문이었다. 우주를

저 좁다란 편지 한 장에 압축한 듯, 그녀는 전 존재를 그 작은 편지지에 집중하고 있다. 이 넓은 우주에서 단 한 사람만을 위해 뛰는 심장, 단 한 사람만을 생각하며 붉어지는 볼. 무엇으로도 대신할 수 없는 설렘, 누구에게도 말할 수 없는 비밀. 이 아름다운 그림은 생에 단 한 번뿐인 첫사랑의 복잡다단한 무늬를 고스란히 떠낸 영혼의 데칼코마니 같았다.

물론 이 모든 것은 나의 상상일 뿐이다. 이 그림을 세상에 보낸 발신인 베르메르조차도 나 같은 수신인의 엉뚱한 반응을 계산하지는 않았을 것이다. 그림 또한 수취인불명의 편지와 같아서, 발신자는 수신자의 반응을 예견할 수 없다. 창조적 오독은 이런 순간 탄생한다. 독일의 철학자 페터 슬로터다이크Peter Sloterdijk는 정체를 확인할 수 없는 수신자에게 편지를 보내는 모험이야말로 저자의 운명이라고 했다. 글을 쓰고, 그림을 그리고, 음악을 작곡하는 이들이 느끼는 창조의 설렘도 바로 이 모험 때문에 가능하다. 페터 슬로터다이크는 저자라는 발신자와 독자라는 수신자의 관계를 에로스의 논리로 바라본다. 저자와 독자 사이에서 탄생하는 가상의 우애는 '가장 멀리 떨어져 있는 존재를 향한 사랑'을 뜻한다는 것이다. 그런 의미에서 학문이란 텍스트를 통해 생면부지의 타인을 친구로 만들 수 있는 힘을 기르는 일이 아닐까.

얼마 전 뜻밖의 독자 편지를 받았다. 감옥에서 온 편지였다. 편지를 뜯는 손가락이 떨렸다. 나 또한 한 사람의 저자, 수신인을 예상치 못한 발신인이었던 것이다. 복역 중인 청년의 정성스러운 손글씨에서, 오랜 망설임과 불면의 밤과 세상을 향한 두려움을 읽었다. 그의 질문은 바로 이것이었다. "도대체 무슨 책을 읽어야 인생을 바꿀 수 있을까요." 그 질문이 너무 아파, 한참을 망설이다 늦어진 답장은 이렇다. 인생을 확 바꾸는 책은 없지만, 인생을 확 바꾸는 절실한 물음은 있다고. 당신이 그 질문을 시작한 그 순간, 인생은 이미 바뀌기 시작했다고. 머리에 불이 붙어 활활 타오르는 채 연못을 찾는 심정으로, 내게 맞는 책을 찾는다면, 내게 전혀 안 맞는 책조차 커다란 스승이 된다고.

연인의 프러포즈 반지를 고르는 마음으로 책을 고른다면, 책을 고르는 과정 자체가 어엿한 '셀프' 인문학 강좌다. 명문대학 필독서 목록에도, 유명인사의 서재 컬렉션에도 기죽을 필요 없다. 하버드대학교 추천도서 목록 등을 주섬주섬 뒤지다가 번뜩 깨달았다. 이렇게 평생 '타인의 목록'만 넘보다가는, 결코 나만의 '마음속 서재'를 만들 수 없겠구나. 이제 나는 광고나 목차를 보며 책을 상상하지 않는다. 무조건 부딪친다. 낯선 책을 쓰다듬고 매만지며, 은밀하고 에로틱한 독서의 페티시즘을 즐긴다. 창작이란 이름 모를 독자, 심지어 아직 태어나지 않은 미래의 독자를 향한 애틋한 구애의 몸짓이기에. 글이란 가장 가까이 있는 것에 대한 사랑을 가장 멀리 떨어져 있는 미지의 타자에 대한 사랑으로 변화시키는 힘이다.

얼마 전 문득 깨달았다. 내겐 '앞으로 읽어야 할 수많은 책들의 목록' 때문에 '이미 읽은 책들이 놓일 마음의 자리'가 없다는 것을. 나는 잠시 새로운 책에 대한 조바심을 내려놓고 오직 내가 읽은 책들로만 이루어진 작고 아름다운 마음의 도서관을 가꾸기로 했다. 중요한 것은 '읽어 가지는 것'이 아니라 '퍼뜨려 나누는 것'이니까. 이 책은 '책에 대한 책'이 아니라, 책과 함께 아름다운 세상을 꿈꾸는 이들을 위한, '세상에서 가장 작은 내 마음의 도서관'이다. 지난 3년간 〈한겨레신문〉에 '정여울의 청소년 인문학' 코너로 이 글을 연재하는 동안, 나는 '혼자 읽고 좋아하는 것'보다 '함께 읽고 기뻐하는 일'이 얼마나 소중한지를 배웠다.

나는 인문학을 열쇠로 쓴다. 타인의 굳게 닫힌 마음의 문을 열기 위한. 나는 인문학을 피난처로 쓴다. 누군가 도망치고 싶을 때마다 그를 기꺼이 숨겨줄 수 있는. 나는 인문학을 손수건으로 쓴다. 오늘도 힘든 하루를 보낸 당신의 땀과 눈물을 닦아드리기 위한. 나는 이제 인문학을 우체통으로 쓴다. 당신에게 보낼 수 없는 편지들, 수십 년간 서랍 속에 고이 넣어둔 채 부치지 못한 편지들, 주소를 몰라 보낼 수도 없는 편지들, 모든 금지된 열망과 이룰 수 없는 꿈들을 적은 편지들. 그 편지들을 이 작고 아늑한 '마음의 서재'라는 우체통에 담뿍 집어넣고 싶다.

하나

거기 있는
것만으로도
충분한 사람

세상 밖으로 나가는 모든 길이 막혔다고 느끼는 순간

어린 시절 내가 가장 질투했던 친구들은 현란한 말솜씨를 자랑하는 아이들이었다. 많은 사람들 앞에서 적극적으로 자신을 표현할 줄 아는 아이들은 극소수였고, 그 아이들의 눈빛에는 언제나 도도한 자신감이 흘렀다. '입으로 말하기'라는 자기표현법에 좌절한 나는 '펜으로 글쓰기'라는 내면의 동굴로 숨어들어 갔고, 글을 쓰면서 내 안에 꽁꽁 숨어 있던 자아와 만나게 되었다. 누가 시키지도 않았는데 틈만 나면 일기나 편지, 각종 낙서를 끼적이던 나는 내 성격이 내성적이라고 믿게 되었다. 내성성이란 일종의 결핍감이자 열등감을 불러일으키는 그 무엇이었다. 그러나 어른이 되어갈수록 나는 타인의 내성적 성격에 매혹되기 시작했다. 자기 PR을 너무도 근사하고 매끄럽게 잘 해내는 사람들이 많아지면서, 눈에 확 띄는 자기표현에 능하지 못한 사람들은 오히려 진솔하고 사랑스럽게 보였다. 그런 사람들은 눈에 띄지 않는 비장의 무기를 지녔거나, 자신도 모르는 엄청난 잠재력을 지닌 경우가 많다. 알고 보면 내성성은 사회생활의 장애물이 아니라, 더욱 성숙한 자기표현을 위해 축적되는 잠재적 자아 에너지다.

영국의 철학자 이사야 벌린Isaiah Berlin은 흥미롭게도 19세기 전 유럽을 뒤흔든 낭만주의 혁명의 불씨를 바로 독일문화의 지독한 '내성성'에서 찾는다. 화려한 살롱에서 근사하게 차려입고 각종 지식과 예술에 대한 감상을 거침없이 표현했던 프랑스의 계몽주의 지식인들과 달리, 독일의 지식인들은 골방에 틀어박혀 오직 '자기 내면의 빛'에 기대어 새로운 문화를 창조했다는 것이다. 《낭만주의의 뿌리》에서 이사야 벌린은 베토벤을 독일 낭만주의의 아이콘으로 설명한다. "가난하고 무식한 촌뜨기"에다가 "예의범절은 형편없고, 지식도 천박"한 베토벤이야말로 다락방에 틀어박혀 그 누구도 따라올 수 없는 위대한 음악을 창조해냈다고. 자기 내면의 빛에만 의지해 무언가를 창조하는 것, 그것이야말로 한 인간을 영웅으로 만드는 비밀의 전부라고. 낭만주의의 선구자였던 슐레겔Friedrich von Schlegel은 인간 내면의 영원히 충족되지 않는 갈망, 즉 무한으로 솟구치고 싶은 욕망과 개체의 비좁은 굴레를 박차고 나가고 싶은 미칠 듯한 갈망을 예찬한다. 인간의 창조성은 외부를 향한 과시의 욕망이 아닌 '깊이로의 침잠'을 통해 탄생한다는 것이다.

《이솝우화》에 등장하는 〈여우와 신 포도〉 이야기의 포커스는 여우의 열등감이다. 결코 자신의 힘으로 따 먹을 수 없는 맛 좋은 포도를 바라만 보며 '에이, 저건 맛없는 신 포도일 뿐이야'라는 식의 자기기만으로 포기했다는 점이었다. 그런데 독일 낭만주의 혁명에 있어서 이 '신 포도'는 오히려 긍정적인 역할을 한다. 도저히 따라잡을 수 없는 프랑스의 화려한 문화적 인프라, 그것이 바로 독일인들이 넘볼 수 없는 거대한 신 포도였던 것이다. 가발과 실크스타킹으로 대표되는 현란한 사치 풍조, 살롱의 퇴폐적 유흥, 재산과 지식을 비롯한 그 모든 '그들이 가진 것'들에서 우러나오는 프랑스의 우월감이야말로 독일인들의 거대한 신 포도였다는 것이다. 이사야 벌린은 이러한 독일 낭만주의 특유의 반反지성주의, 반反문화의 기질을 이렇게 설명한다. 그들은 더 이상 상처받지 않기 위해, 내면의 요새를 발명해낸 것이라고. 눈에 보이는 영광을 포기한, "깊은 곳으로의 영적인 침잠, 세상의 모든 두려운 불행에 맞서 자신을 보호하려는 일종의 내적인 요새로의 은둔"이라고.

현대인들은 출세와 성공을 위해 세련된 자기표현의 기술을 요구받는다. 소셜네트워킹의 가장 큰 기능도 일종의 자기 PR이다. 단지 자기의 사회적 지위뿐 아니라 입는 것, 먹는 것, 보는 것, 그 모든 시시콜콜한 것들을 소셜네트워킹을 통해 화려하게 전시하는 현대인들. 그런데 흥미로운 것은 이러한 전시형 퍼포먼스는 쉽게 사람을 지치게 만든다는 것이다. 진정한 창조성은 과시욕이 아니라 자기 내면에서 타오르는 열정으로 지속된다. 이것은 외부의 칭찬이나 인정 같은 연료 주입을 필요로 하지 않는, 자기 내부의 무한한 놀이의 열정이다. 그러니 우리는 골방에 틀어박혀 뭔가 혼자만의 놀이에 집중하는 아이들을 타박해선 안 된다. 자기 자신과 놀 수 있도록, 그들의 창조성이 아무런 제약 없이 발현되도록, 혼자 노는 시간을 충분히 주어야 한다. 혼자 노는 아이들, 내성적인 아이들은 결코 위험하지 않다. 그들은 자기 자신과 노는 법을, 스스로 가르칠 줄 아는 열정을 지닌 존재들이니.

칸트Immanuel Kant의 친구였던 요한 게오르크 하만Johann Georg Hamann 은 인간의 본성을 이렇게 설명한다. 인간은 볼테르Voltaire가 주장한 것처럼 행복과 만족과 평화를 원하는 것이 아니라고. 인간이 진짜 원하는 것은 각자의 모든 능력을 쏟아부어 최대한 풍성하고 열정적인 방식으로 삶을 즐기는 것이라고. 낭만주의는 바로 이 인간 내면의 창조적 열정을 지상 최고의 보물로 승화시킨 것이다. 세상 밖으로 나가는 모든 길이 막혔다고 느끼는 순간이 있는가. 바로 그 순간이 우리가 스스로의 심장에서 타오르는 내면의 불길과 뜨겁게 만날 수 있는 시간이다. 바로 그 순간이 내면의 요새 안에 둥지를 틀고, 이 세상이 결코 허락하지 않는 나만의 세계를 창조할 수 있는 시간이다.

옛사람들은
그것을 뮤즈라 불렀고,
지니어스라고도 불렀다

얼마 전 텔레비전에서 '지문 적성검사의 허와 실'을 다룬 프로그램을 보고 화들짝 놀랐다. 지문으로 적성검사를 하다니. 우리들 손바닥의 그 미세한 주름들이 재능의 바로미터란 말인가. 지금이라도 지문 적성검사를 하면 도통 어디 숨어서 여태 안 나오는지 알 수 없는 재능과 적성을 발견할 수 있을까.

하지만 왠지 그런 상상 자체가 부끄러워졌다. 내 마음속에서는 이미 오래전에 결론이 나 있었던 것이다. 내가 지금 이 순간 가장 사랑하는 일, 내가 지금 이 순간 가장 열심히 하고 있는 일이 내 재능이고 내 적성이라고. 조금 더 마음속 깊숙이 들어가 보면, 내 마음은 이렇게 속삭인다. 나의 재능이라 믿는 것, 나의 적성이라 믿는 것, 그런 것은 처음부터 '내 것'이 아니라고. 그러니 전혀 우쭐할 필요도 주눅들 필요도 없다. 우리가 어떤 일에 푹 빠져 있을 때, 무언가 똑 부러지게 설명할 수 없는 신비로운 힘이 우리의 지친 어깨를 다독이고 있다. 옛사람들은 그것을 '뮤즈Muse'라고도 불렀고, '지니어스Genius'라고도 불렀다.

혼히들 천재는 인간을 가리키는 말이라 생각하지만, 지니어스는 원래 인간을 가리키는 말이 아니었다고 한다. 그리스 시대에는 재능과 창의성이 인간에게서 나오는 것이 아니라 육체에서 분리된 창조성의 혼, 지니어스 요정의 힘이라 믿었다. 예술가의 스튜디오 벽 안에 숨어 사는 마술적이고 신성한 혼의 이름, 그것이 지니어스였다. 예술가가 작업에 몰두해 있을 때 벽에서 몰래 나와 우렁각시처럼 감쪽같이 예술가를 도와준 후 흔적 없이 사라지는 마술적인 정령, 그것이 지니어스였던 것이다.

위대한 재능은 인간의 소유물이 아니라 생각했던 이 지혜로운 믿음이 과도한 자아도취로부터 예술가들을 보호해주었다. 아무리 위대한 작품이 나와도 '지니어스 탓'이고, 아무리 형편없는 작품이 나와도 '지니어스 탓'이니, 예술가들은 자아도취에도 자기혐오에도 빠질 필요가 없었던 것이다. 천재적인 재능이 하늘의 뜻이 아니라 개인의 소유물이 된 것은 '모든 건 인간 탓'이라 믿게 된 르네상스 이후의 일이라고 한다. 개인을 우주의 중심에 놓게 된 이후 인간은 우울증에 시달리게 된 셈이다.

재능을 일종의 사유재산으로 취급하는 사고방식 때문에 사람들은 어느 때보다도 '나는 왜 재능이 없을까'라는 번민에 시달리게 되었다.

사람들은 '빨리 재능을 발견해야 한다'는 강박관념 때문에 각종 학원으로 아이들을 출근시킨다. 조기교육, 조기유학, 조기졸업……. 모든 것을 '조기'에 해결하려고 하는 이 재능의 속성재배 시대. 사람들은 지니어스 요정의 축복을 느긋하게 기다리기보다는 지니어스를 내면화해서 완전히 '내 것'으로 만들려고 한다. 그러다 보니 재능은 마치 한정된 자원처럼 취급되고, 창작은 재능을 소모하는 고통이 되어버린다. 오죽하면 위대한 작가 노먼 메일러Norman Mailer조차도 "내가 쓴 책은 모두 조금씩 나를 살해했다"고 고백했을까. 재능을 개인의 소유물로 생각하면서 사람들은 더욱 외로워지고, 더욱 고통스러워진 것이 아닐까.

어린 시절 아역 스타로 전 세계를 주름잡던 배우들이 성인이 되면 엄청난 스트레스와 슬럼프에 시달리고, 스포츠 스타로 각광받던 선수들이 선수 생활이 끝나면 '삶의 기술'을 몰라 고통받는 일이 많다. 이것은 재능을 개발하느라 삶을 배우지 못했기 때문이다. 재능을 위해 삶을 '올인'한다는 것은 위험한 상상이다.

고대 그리스어에 '파르마콘Pharmakon'이라는 말이 있다. 그것은 '도움이 되는 것이자 동시에 방해가 되는 것', '치료이자 독이 되는 것'을 가리킨다고 한다. 인간이 문자 기록에 의지하면서 점점 기억력이 쇠퇴하고, 휴대폰을 사용하면서 번호를 외우는 능력이 저하된 것처럼 말이다. 재능의 달콤한 축복뿐 아니라 재능의 치명적인 독성도 가르쳐주는 것이 어른들의 역할 아닐까. 재능을 개발한답시고 아이들의 어린 시절을 빼앗지 않는 것이 부모의 지혜 아닐까. 재능은 '사람'을 빛나게 해주지만 '삶'을 전체적으로 바라보는 데는 걸림돌이 될 수도

"세상의 명령에 길들지 않은 채로
 자기만의 꿈을 가꿀 수 있는 내면의 공간이 있다면."

있다. 마이클 잭슨은 인류 역사에서 전무후무한 노래와 춤의 달인이었지만, 그렇게도 되찾고 싶었던 '행복한 어린 시절'을 이 세상 어디서도 돌려받지 못해 평생 고통받았다.

어린 시절부터 '인생 한 방'을 준비하는 사람들의 마음속에는 '재능=직업=인생'이라는 위험한 도식이 자리 잡고 있다. 재능은 물론 중요하지만 모두가 재능에 안성맞춤인 직업을 가질 수 없다. 직업은 물론 중요하지만 직업이라는 테마로 인생의 거대한 벽화를 모두 채울수는 없다. 재능은 삶의 토양의 '비료'는 될 수 있어도 '흙' 자체가 되지는 못한다. 어떤 효과 빠른 재능의 비료도 사랑이라는 물과 우정이라는 태양 없이는 삶이라는 나무를 키우지 못한다. 재능은 소중한 삶의 자산이다. 하지만 재능은 열정을 이기지 못하고 열정은 진심을 이기지 못한다. 우리의 삶은 재능보다 크고 성공보다 깊다.

특별한 그에게도
이런 평범함이 있었다니

　'위인'이라는 개념은 때로 인간의 다양성을 이해하는 데 커다란 방해가 된다. 어린 시절 설레는 마음으로 읽었던 위인전들은 하나같이 흥미진진했지만, 읽고 나면 '대단한 위인'과 '평범한 나' 사이의 엄청난 거리감 때문에 가슴이 시리곤 했다. 어른이 되고 나니 위인을 향한 '도식적 신화 만들기'의 시선에 의심의 눈초리를 보내지 않을 수 없다. 위인에 대한 다양한 역사적 평가나 찬반 논란에도 불구하고 여전히 살아남는 것은 한 사람의 지극히 인간적인 고뇌. 그리하여 '위인'과 '범인凡人'을 편 가르는 시선에 회의적인 지금까지도 여전히 빛바래지 않는 위인은 베토벤 같은 사람이다. 모차르트처럼 자타 공인의 신동도 아니고, 주몽처럼 비범한 탄생신화를 자랑하는 것도 아니지만, 베토벤은 불완전한 인간의 지극히 인간적인 몸부림으로, 상상을 초월하는 고통을 껴안고 묵묵히 자신의 삶을 견뎌낸 사람으로 기억되었다. 아이들은 위인의 천재성이나 현란한 업적에 때로는 열광하고 때로는 주눅 들지만, '그들도 우리처럼' 고민하고 실수하고 방황한다는 사실에 위안받는다. 위인의 '위대성'은 쉽게 퇴색할 수 있지만 위인의 '위인답지 않음'은 인간에 대한 끊임없는 성찰의 테마가 된다. 그 역도 마찬가지다. 평범한 사람의 예기치 않은 위대함이야말로 역사 앞에서 인간을 겸허하게 만든다.

그런 의미에서 푸시킨Aleksandr Sergeevich Pushkin의《대위의 딸》은 '평범한 사람들의 위대성'과 '위대한 사람들의 평범성'을 드라마틱하게 그려낸 불멸의 고전이다. 이 소설은 푸가초프의 농민반란이라는 거대한 역사의 소용돌이에 휘말린 각양각색의 인물들이 자신 앞에 닥친 시련을 극복하는 과정을 그린다. 애송이 군인에 지나지 않았던 페트루샤는 황제를 참칭하는 반란군 수괴 푸가초프에 맞서 싸우다 사형될 위기에 처한다. 그의 약혼자 마샤의 부모가 눈앞에서 처형되는 것을 목격한 그가 이제 막 자신의 죽음을 실감하는 순간, 충직한 하인 사벨리치가 저 무시무시한 '참칭왕' 푸가초프에게 자신이 모시는 도련님의 목숨을 구걸한다. 알고 보니 푸가초프는 페트루샤 일행이 눈보라에 갇혀 길을 잃었을 때 인근 여관으로 길을 안내해준 나그네였고, 나그네의 호의에 보답하고자 자신의 토끼털 외투를 벗어준 페트루샤의 따스한 마음을 기억하고 있었던 것이다. 역사의 한 페이지에 기억된 '반란군의 우두머리'가 평범한 청년의 삶 속으로 침투하고, 청년은 자신도 모르는 사이 '역사의 한 페이지'에 참여하는 기막힌 순간이다. 페트루샤는 과거의 '사소한 선의'로 인해 천금 같은 목숨을 구하고 마샤와 결혼에 골인할 뻔했으나 반란군이 정부군에 패배하자 졸지에 반란군과 '내통'했다는 누명을 쓰게 된다.

알고 보니 애송이 청년 페트루샤가 생애 처음으로 경험한 내기당구에서 100루블을 잃게 한 날건달이 '주린'이라는 장군이었고, 난리통에 페트루샤를 다시 만난 주린은 군법에 따라 페트루샤를 재판에 회부한다. 이 모든 과정에서 아무런 전쟁 경험도 없는 초짜군인 페트루샤는 자신의 순수한 신념과 열정만으로 고난을 이겨낸다. 아이러니하게도 역사의 정반대편에서 서로를 향해 칼을 겨누던 푸가초프와 예카테리나 여제는 페트루샤-마샤 커플의 사랑이 이루어지게 도와주었다는 점에서는 뜻하지 않게 '공모자'가 된다. '사랑밖엔 난 몰라' 하며 세상사에 도통 관심이 없던 한 청년은, 농노제에 반기를 들며 스스로 황제를 참칭한 푸가초프의 비극적인 삶과 죽음을 가까이서 지켜보고, 역사가 차마 껴안지 못한 한 인간의 처절한 실패 앞에 옷깃을 여민다.

《대위의 딸》은 이렇듯 위대한 사람들의 평범성과 평범한 사람들의 위대성을 대비시키며 우리가 평소에는 '한쪽 단면'밖에 바라볼 수 없는 인간의 풍부한 다면성을 사유하게 만든다. 위대한 사람들의 평범성, 평범해 보이는 사람의 위대성을 좀처럼 고민해보지 않은 채, 사람의 지위나 명성, 재산 같은 '눈에 보이는 지표'로 위인과 범인을 나누는 것은 인간이라는 복잡한 존재를 이해하는 데 오히려 장애물이 되지 않을까. '승리자 중심의 역사'에 귀속되지 않는 다채로운 인간의 예측 불가능한 다면성이야말로 역사를 배우고 소설을 읽는 짜릿한 즐거움이다. 그런 의미에서 《대위의 딸》의 가장 '위대한 엑스트라'는 페트루샤의 하인 사벨리치다. 그의 반짝이는 유머와 지혜가 없었더라면 페트루샤는 결코 목숨을 부지하지 못했을 테니 말이다. 지금 아이들의 수첩에는 어떤 '위대한 롤모델'의 이름들이 적혀 있을까. 위인전으로 대표되는 '승리자의 역사' 속에서 우리는 '역사는 특별한 사람들만의 무대'라는 지독한 편견을 심어주지는 않았던가. 위인과 범인, 유명인(셀러브리티)과 일반인, 역사의 주인공과 엑스트라……. 이렇게 우리는 너무도 폭력적인 이분법으로 복잡다단한, 그래서 더욱 아름다운 인간이라는 존재의 풍요로움을 외면하지는 않았는가.

결점조차 아름다운
사람들의 매혹

　어린 시절 나는 가끔 상상했다. 나의 단점을 모조리 빼버리고, 장점
만을 알뜰히 모아놓는다면, 나는 훨씬 멋진 사람이 되지 않을까. 기억
하고 싶지 않은 과거는 몽땅 지워버리고, 자랑스러운 과거만을 모아
놓는다면, 삶은 좀 더 풍요로워지지 않을까. 이 세상도 그렇지 않을
까. 우리가 자신들의 취약점을 세련되게 은폐할 줄 안다면, 장점을 멋
지게 포장하는 능력을 강화한다면, 좀 더 살 만한 세상이 되지 않을까.
하지만 그런 상상은 매우 위험한 것임을, 우리는 커가면서 자연스럽
게 깨닫는다. 단점을 제거하고 장점만을 남겨놓는 것, 그것이야말로
우생학의 잔인한 인종차별을 낳지 않았던가. 우리가 타인에게 호감을
느끼는 이유는 그의 장점 때문만이 아니다. 오히려 사람들은 자신의

취약점을 숨김없이 드러내는 사람, 자신의 약점을 솔직하게 인정하는 사람들에게서 매력을 느낀다. 약점은 존재의 치부가 아니라 존재의 어엿한 일부다.

빨강머리 앤의 머리카락이 탐스러운 금발이었다면, 빈센트 반 고흐가 억만장자였다면, 악성 베토벤의 귀가 남들보다 훨씬 잘 들렸다면, 우리는 그들을 이만큼 애틋하게 사랑할 수 있었을까. 이렇듯 우리가 타인에게 매혹되는 이유는 그의 탁월함 때문이 아니다. 영원히 채울 수 없는 결핍에도 불구하고 그 결핍을 온몸으로 끌어안는 사람들이야말로 가장 매력적인 사람들이다. 진정 치명적인 단점은 결핍 자체가 아니라 결핍을 부끄러워하고, 결핍을 꽁꽁 숨기려는 자격지심이 아닐까.

현대사회에서는 결점을 정직하게 끌어안는 것보다는 없는 장점까지 억지로 만들어 자신을 최대한 과대 포장하는 것이 미덕처럼 되어 버렸다. 유명인들은 자신의 집 안 인테리어까지 속속들이 공개하며 부를 과시하고, 개개인의 홈페이지에서도 자신의 고민이나 불안조차 쇼윈도의 상품처럼 화려하게 전시하는 이들이 관심을 끈다. '우월한 유전자'라는 괴상한 유행어는 마치 한 인간의 탁월성이 태어날 때부터 완전히 결정된다는 식의 끔찍한 편견을 조장한다. 자기 PR을 세련되게 해내지 못하는 사람은 출발선부터 크나큰 손해를 입는 사회. 이런 현대사회의 단면을 가장 잘 보여주는 단어가 바로 '메이크 오버Make Over'와 '쇼 오프Show Off'일 것이다. 현대인에게 메이크 오버는 단순히 '단장'의 수준을 넘어서서 친한 사람들도 알아보기 힘들 정도의 '변장'이 되어버렸고, 쇼 오프는 본래 의미인 '자랑'을 넘어서 자신을 과도하게 PR하고 광고하는 '자만'이나 '허영'으로 치닫게 된 것이다.

인간의 취약점에 대해 오랫동안 연구해온 미국의 학자 브레네 브라운Brene Brown은 취약점이 지닌 놀라운 힘을 보여준다. 그녀의 표현에 따르면, 인간의 취약점은 '용기'를 측정하는 기준이라고 한다. 십여 년 동안 수천 명의 사례들을 연구한 결과, 용기 있는 사람들의 특징은 자신의 결점을 숨기려 하지 않고 오히려 다른 사람에게 자신의 결점을 완전히 드러낼 줄 아는 사람들이었다고 한다. 용기Courage라는 단어 자체가 '심장'을 의미하는 라틴어 코어Cor에서 나왔는데, 용기는 바로 '당신이 누구인지를 온 마음을 다해 솔직히 이야기한다'는 의미를 지닌다고 한다. 행복한 사람들은 '나는 불완전하다'는 말을 스스럼없이 털어놓을 수 있다. 행복한 사람들은 자신의 결핍을 거리낌 없이 인정하기에 우선 스스로에게 관대하고, 더 나아가 다른 사람의 결핍에 대해서도 너그러운 마음을 가지게 된다는 것이다. 자신의 취약성을 완전히 포용하는 사람들은 자신을 취약하게 만드는 바로 그 결점들이 자신을 더욱 아름답게 만든다고 생각한다. 이런 사람들은 거절당할 위험을 무릅쓰고 늘 먼저 사랑을 고백하고, 미래가 보장되지 않아도 진정 원하는 일을 선택하고, 건강검진 결과를 기다릴 때조차도 불안에 떨지 않는다는 것이다. 아무런 확신이나 보장 없이, 그 어떤 예측이나 계산 없이 자신을 온전히 내던질 수 있는 마음. 그것이 용기의 본질이라는 것이다.

물론 우리는 해결되지 않는 결핍 때문에 열등감을 느끼고, 고칠 수 없는 단점 때문에 스트레스를 받는다. 그러나 우리가 더 나은 사람이 되려고 노력하는 출발점도 바로 그 결핍이고, 우리의 기쁨과 우리의 사랑도 바로 그 결핍에서 비롯되지 않는가. 정말 무서운 것은 적들에게 단점을 노출당하는 것이 아니라, 단점이 만천하에 드러났을 때 완전히 용기를 잃어버리는 것이 아닐까. 우리는 아이들에게 '지지 않는 법'을 가르칠 것이 아니라, '지더라도 결코 쫄지 마'라고 가르쳐야 하지 않을까. 패배가 무서운 것이 아니라, 다시 일어날 용기를 잃는 것이 진정 무서운 일이니까. 우리는 수단과 방법을 가리지 않고 늘 이기기만 하는 냉혈한이 아니라, 때로는 지고 때로는 이기는 것이 당연하다는 것, 그럼에도 불구하고 끊임없이 노력하는 자가 아름답다는 것, 그런 자야말로 사랑받을 가치가 있다는 것을 가르쳐야 하지 않을까. 가장 중요한 것은 끝내 이기는 것이 아니라, 인생의 막다른 골목에서도 '혼자'가 아님을 깨닫는 것이니까. 어떤 상황에서도 조건 없이 사랑받고 계약 없이 사랑할 수 있는 능력을 잃지 않는 것이니까. 우리는 결점을 우아하게 숨기는 법이 아니라, 결점조차도 스스럼없이 털어놓을 수 있는 용기를 배워야 하지 않을까.

누군가를 처음으로
사랑하는 것

모든 첫사랑은 저마다의 가슴속에서 한 번씩은 죽는다. 안타깝게 끝나버린 첫사랑을 위한 가상의 장례식을 치러야만, 첫사랑은 매번 '그다음 사랑'과의 고통스러운 비교대상이 되지 않을 수 있다. 평생 첫사랑의 트라우마에서 벗어나지 못하는 이들은 자신의 내면에서 첫사랑의 애도 과정을 제대로 거치지 못한 경우가 많다. 첫사랑이 이토록 한 사람의 인생 전체를 쥐락펴락하는 이유는 첫사랑의 경험이 시간이 지날수록 이상화되기 때문이다. 우리가 가장 어여뻤을 때, 우리가 가장 순수했을 때, 취업이나 내 집 마련을 생각하며 골머리를 앓는 법조차 몰랐을 때, 첫사랑은 시작된다. 이반 투르게네프Ivan Sergeevich Turgenev의 《첫사랑》은 평생 지워지지 않는 첫사랑의 상처, 그 인류 보편의 고통을 아름답게 그려낸 명작이다.

귀족 집안에서 엄격한 가정교육을 받으며 외아들로 자란 열여섯 살 소년 블라디미르. 그에게 찾아온 첫사랑 지나이다는 처음부터 경쟁 상대가 많은 여인이다. 블라디미르의 옆집으로 이사 온 지나이다 주변에는 남자들이 넘쳐난다. 블라디미르의 눈에 비친 그녀는 평생 떠들썩한 파티의 안주인일 것만 같은, 청소나 요리나 빨래 같은 허드렛일은 손끝에도 대지 않을 것 같은 여인이다. 자타 공인의 원조 모범생이었던 블라디미르는 지나이다를 만나자마자 공부도 독서도 딱 그만둔다. 머릿속이 온통 지나이다로 꽉 차버렸기 때문이다. 우리는 첫사랑을 시작할 때 그 여자가 얼마나 재테크에 능한지, 그 남자의 연봉이 얼마나 될지, 그런 현실적인 요소는 잘 따지지 못한다. 첫사랑의 본질적 매력은 '현실적 유능함'이 아니라 '그가 얼마나 우리 마음속 낭만적 환상을 충족시켜주는가'이기 때문이다.

지금까지 내 인생에서 중요했던 모든 것들이 상투적인 배경화면으로 전락하고, 오직 그 사람의 일거수일투족만이 슬로모션으로 포착되는 순간. 저마다 아웅다웅 치고받는 현실의 세속적 경쟁이 무의미해지는 순간. 입학이나 취업을 위한 성실한 자기계발의 노력조차 하찮아지는 순간. 모든 욕망의 화살표가 한 사람의 표정과 말투에 집중되는 순간. 그렇게 첫사랑은 시작된다. 인간이 이토록 강렬한 쾌락을 경험해도 좋은 것인가 싶을 정도로 커다란 기쁨이 찾아오는 순간, 동시에 그 사람을 독점할 수 없다는 현실적 고통이 발목을 붙잡는다. 가장 큰 희열이 시작되는 순간, 가장 큰 고통도 시작되는 것이다.

첫사랑의 아픔, 그 정석(?)은 첫사랑인 동시에 '짝사랑'일 경우 더욱 증폭된다. 게다가 그 어긋난 사랑의 화살표를 낚아챈 얄미운 주인 공이 자신과는 도저히 경쟁조차 불가능한 사람이라면, 첫사랑은 거의 회복 불가능한 상처를 남긴다. 블라디미르는 지나이다를 사로잡은 남 자가 하필 자신의 가장 가까운 남자, 자신이 가장 존경하는 남자인 '아버지'임을 깨닫고 소스라친다.

나는 그 사람의 가장 아픈 상처까지 보듬어줄 수 있을 것 같은데, 그 사람의 가장 치명적인 결함까지 모른 척해줄 수 있을 것 같은데, 이 미 그 사람은 나 아닌 다른 이와 충분히 행복하단다. 내가 그토록 꿈꾸 던 사랑이 내가 아닌 다른 사람을 바라보는 그 여자의 눈빛 속에 가득 고여 있다. 블라디미르는 이 고통을 아무에게도 말할 수 없다. 이렇듯 첫사랑이 시작되는 순간은 그 누구와도 함부로 공유할 수 없는 치명 적인 비밀이 태어나는 순간이다.

결국 아버지와 지나이다의 위험한 애정행각은 어머니에게 발각되 고, 열여섯 살 소년이 감당키 어려운 '어른들의 세계'가 눈앞에 펼쳐 진다. 평생 아버지를 짝사랑하던 어머니는 아버지의 불륜 앞에 광분 하고, 두 여자 사이에서 고통받던 아버지는 병에 걸려 죽고, 지나이다 는 어쩔 수 없이 다른 이와 결혼하여 아이를 낳다가 죽는다. 부모가 만 들어준 아늑한 가정의 둥지 속에서 편안하게만 살아왔던 블라디미르 는 자신을 둘러싼 행복이 언제든 하루아침에 붕괴될 수 있는 아슬아 슬한 평화였음을 깨닫는다. 철부지 소년은 첫사랑의 혹독한 통과의례 를 통해 자신이 발 딛고 있는 존재의 토대를, 자신이 믿어 의심치 않던 가치들의 붕괴를 목격한다. 그는 단지 첫사랑을 만나고 싶어 했지만, 정작 그가 만난 것은 지금의 그를 있게 한 모든 존재들의 삶과 꿈과 눈

"모든 욕망의 화살표가 한 사람의 표정과 말투에 집중되는 순간,
그렇게 첫사랑은 시작된다."

물이었다. 아버지가 그에게 남긴 유언장은 사랑 때문에 인생 전체를 저당 잡힌 한 남자의 피맺힌 절규였다. "여자의 사랑을 두려워하거라. 그 행복, 그 독을 두려워해."

우리는 그렇게 첫사랑을 통해 세상을 한 번 다 살아낸 듯한 '인생의 시뮬레이션'을 경험한다. 누군가를 처음으로 사랑하는 것은 곧 지구를 한 바퀴 다 돌아야 만날 수 있을 것 같은, 우리 안의 수많은 타인을 만나는 것이다. 내가 사랑하는 단 한 사람의 영혼 속에서 우주 전체의 비밀을 발견한 듯한 환상, 그것이야말로 첫사랑의 돌이킬 수 없는 매혹이 아닐까.

매력이
사랑의 보증수표는
아니야

'아무도 나를 사랑하지 않아'라고 철석같이 믿는 사람들의 공통점
이 있다. 자신에겐 결코 매력이 없다고 생각하는 것이다. 그러나 매력
은 본래 절대적인 수치로 환원되지 않는다. 매력은 철저히 상황적인
것이다. 매력이 발산되는 '상황'이 있고, 매력이 발산되는 '상대'가 있
다. 우리의 무의식은 매우 명석해서 아무 데서나 그토록 아까운 매력
을 발산하지는 않는다. 호감을 느끼는 상대 앞에서는 자신도 모르게
매력을 뿜어내기도 한다. 요컨대 진짜 필드에 나가야 진정한 매력을
발산할 수 있다. 물론 매력을 평소에 연습할 수도 있다. 숨겨진 매력
을 얼마든지 끄집어낼 수도 있다. 이 모든 걸 위해서는 '상황'이 필요
하다.

나는 매력이 없다고 골방 속으로 숨으면 절대로 인연의 실타래가 만들어지지 않는다. 미모와 매력이 비례하지 않는 경우도 많고, 외모 이상의 매력으로 상대를 사로잡는 유혹의 귀재들도 많다. 미모가 뛰어난 사람들보다 매력 넘치는 사람들의 인생이 실제로는 훨씬 행복하다. 매력은 미모처럼 자신을 '볼거리'로 만드는 것이 아니라 자신을 '함께하고 싶은 존재'로 만드는 기술이다. 미를 감상하는 데는 '거리'가 필요하지만, 함께하고 싶은 인연을 만드는 데는 '용기'가 필요하다.

현대사회에서는 매력을 키우는 방법조차 상품설명서처럼 일종의 매뉴얼이 되어간다. 영화 〈시라노; 연애조작단〉처럼 고백을 위한 각종 대사와 리액션을 대행해주는 프로그램들이 인기를 끈다. 멋들어진 프러포즈를 위한 각종 이벤트 또한 산업화한다. 〈세레나데 대작전〉, 〈연애성형 프로젝트 S.O.S〉 같은 예능프로그램처럼 현대사회에서는 일종의 '시라노' 패러디산업이 인기다. 에드몽 로스탕Edmond Rostand의 희곡 《시라노》처럼 사랑 고백에 서툰 사람들은 멋진 연애편지를 대신 써줄 위대한 문장가를 찾고 싶은 걸까. 희곡 속의 시라노가 만약 이런 연애대행산업의 진풍경을 본다면, '이건 정말 시라노답지 않다'고 느끼지 않을까. 시라노는 단지 말주변 없는 크리스티앙의 사랑 고백을 대행한 것이 아니라 크리스티앙보다 훨씬 먼저, 오랫동안 록산을 사랑하고 있었던 것이다. 시라노 정신은 '대행'이나 '연기'가 아니라 타인의 얼굴을 빌려서라도 진심을 고백하고 싶은 열정이 아닐까.

결코 대신할 수 없는 것을 대신하게 되면서 시라노의 비극은 시작된다. 시라노는 커다란 코와 못생긴 외모 때문에 '아무도 날 사랑하지 않는다'고 믿는다. 시라노는 크리스티앙에게 결핍된 문학적 재능을, 크리스티앙은 시라노가 동경해 마지않는 화려한 외모를 지녔다. 둘은 완벽한 커플(?)이 되어 한 여자를 사로잡는다. 여자 앞에만 서면 꿀 먹은 벙어리가 되는 크리스티앙에게 시라노는 제안한다. "난 자네의 재치가, 자넨 나의 아름다움이 되는 거지."

그렇게 시라노의 편지와 크리스티앙의 외모는 한 여인을 유혹한다. 아니, 그런 줄 알았다. 이 희곡의 유쾌한 반전은 그녀가 사랑했던 것이 크리스티앙의 외모가 아니라 시라노의 편지, 곧 그의 영혼이었다는 사실이 밝혀지는 순간이다. 시라노는 죽는 날까지 자신의 매력을 몰랐다. 여기서 그의 안타까운 비극이 완성된다. 시라노는 그녀에게 편지를 써야 한다는 절박한 상황 덕분에 자신도 모르게 자신의 매력을 키워나간다. 그는 전쟁 통에 위험천만한 적진을 뚫고 달려가 매일 편지를 부치는 엄청난 용기를 발휘한다. 크리스티앙의 편지로 위장된 자신의 편지를 그녀에게 부침으로써 진정한 사랑의 달인, 매력만점의 남자가 되어간 것이다. 누군가를 사랑한다는 상황 자체가 그의 매력을 세상 밖으로 끄집어낸 셈이다. 시라노의 진짜 고백이 시작되는 순간은 수사학적 기교가 진심 어린 영혼으로, 완벽한 연기가 진정한 삶으로 바뀌는 순간이다.

시라노는 현란한 수사학으로 자신의 콤플렉스를 가린다. 재능이라는 커튼으로 아무리 가려도 콤플렉스라는 칼바람은 시시때때로 영혼을 할퀸다. 록산은 아름다운 얼굴이 아니라 구체적인 표현을, 눈부신 상상력을, 뜨거운 격정을 원한다. 크리스티앙은 남의 문장을 빌린 얼굴마담 역에 지치고, 시라노는 자신의 절절한 편지가 타인의 것으로 탈바꿈하는 데 절망한다. 시라노는 급기야 본심을 들키고 만다. 타인의 사랑을 '연기'하고 있지만 사실 '나의 사랑'을 연주하고 있음을. 아무리 매력이 철철 넘쳐도 고백의 용기가 없다면 사랑은 이루어지지 않는다. 그가 '그 수많은 편지의 주인은 나'라고 고백했다면, 사랑은 이루어지고도 남았을 것이다. 록산은 시라노의 편지에 감동하여 외친다. "만약 오디세우스가 당신처럼 편지를 썼다면, 정숙한 페넬로페도 집에서 수나 놓으며 기다리고 있진 않았을 거예요." 미모는 정태적이지만 매력은 동태적이다. 연애는 고백이다. 매력은 액션이다. 그러나 사랑은 고백과 액션을 훌쩍 넘어서는 용기를 필요로 한다. 사랑은 용기 있는 자에게 쏟아지는 축복, 마침내 영원히 움직일 수밖에 없는, 세상에서 가장 바지런한 동사다.

불가능한 사랑을
꿈꿀 자유

내가 책을 고르는 것이 아니라, 책이 나를 고를 때가 있다. 《이반 일리히의 유언》이 그랬다. 이 책은 서구문명을 구조화한 핵심 키워드들 ─복음·신비·우연성·범죄·두려움·건강·학교·병원·시스템 등─을 출발점으로 삼아 일리히Ivan Illich의 평생에 걸친 사유의 여정을 장대한 파노라마로 펼쳐 보인다. 그리고 이 모든 키워드를 아우르는 하나의 불꽃은 '사랑'이다. 나는 이 책을 통해 내가 사랑이라 믿었던 모든 열망의 비겁함을 깨달았다. 나는 내 결핍을 채워주고, 내 불안을 잠재우는 감정이 사랑이라 믿었다. 한 번도 나를 파괴하는 사랑에 몸담아본 적이 없다. 그런 감정이 다가올 때마다 용케도 잘 피하며 이런 위험한 감정은 사랑이 아니라 부정했다. 이 책을 통해 나는 원래 나였던 나, 나라고 믿었던 나를 파괴하는 사랑이야말로 내가 한 번도 끝까지 경험해보지 못한 사랑임을 알게 되었다.

이 책을 통해 나는 내게 소중한 세 가지 단어의 정의를 완전히 바꾸었다. 바로 믿음, 우정, 이웃이다. 첫째, 믿음. 나는 믿음이 불합리성을 기반으로 한 나약한 감상의 일종인 줄 알았다. 그래서 늘 믿음을 갈망하면서도 믿음에 나를 온전히 던지지 못했다. 그런데 일리히에 따르면, 믿음이야말로 '가장 바보 같은 인식'임과 동시에 '인간이 경험할 수 있는 최고의 인식'이다. 인간은 바로 그 조건 없는 믿음의 목소리를 잃어왔기에, '최선의 것이 타락하여 최악이 되어버린 세상' 속에서 고통받는다. 이 '최선의 것'이란 곧 기독교문명이다. 둘째, 우정. 나는 우정이란 나의 결점을 말없이 받아주고, 나의 장점을 질투 없이 예찬하는 상대방의 선의라 믿었다. 그런데 일리히의 우정은 그런 것이 아니다. 단 한 번 마주친 이에게 내 모든 마음을 내줄 수 있는 용기. 낯선 타인과의 사소한 우연을 뜻밖의 연대로, 눈부신 기적으로 만드는 삶의 기예. 그것이 우정이다. 우정이란 너와 나 사이의 친분이 아니라, 너와 나 사이에 제3자를 누구라도 받아들일 수 있는 환대의 능력이다. 셋째, 이웃. 일리히에 따르면, '이웃'을 생각할 때 특정한 얼굴이 떠올라선 안 된다. 오늘 처음 본 사람일지라도, 내가 그 아픔을 반드시 알아봐야 하는 타인. 내 아픈 시선을 기다리고 있는 완전한 타인. 그것이 이웃이다. 몇 달 전, 길바닥에서 폐지를 주우며 말라비틀어진 식빵과 물을 점심으로 드시는 할머니를 보았다. 그때 마침 나는 맛 좋은 돼지갈비를 먹고 만족스러운 얼굴로 음식점을 나오고 있었다. 할머니의 핏기 없는 얼굴과 마주친 후, 나는 하복부에 격심한 고통을 느꼈다. 일리히에 따르면, 바로 이 '하복부의 고통'이 구원의 열쇠다. 그건 머리가 아니라 온몸을 통해 느끼는 타인의 존재, 즉 내가 돌봐야 할 이웃의 얼굴을 인지하는 고통이기 때문이다.

"병원이 건강의 장애가 되고 정당이 민주정치의 장애물이 되고 언론기관이 의사소통의 장애물이 되는 것처럼 학교는 진정한 교육의 장애가 되고 있다." 이반 일리히는 이렇게 말했다. 일리히의 주요개념 중 하나는 반생산성Counterproductivity이다. 산업사회 스스로가 자신의 원래 목적을 배반하고 있다는 것이다. 1970년대 미국에서 자동차 구입비, 기름값, 교통체증을 포함하여 자동차에서 보낸 시간 등을 모두 합해 계산하면, 사람들은 1만 킬로미터를 이동하기 위해 한 해 평균 1,600시간을 썼다. 그럼 자동차의 진짜 스피드는 지금 속도계에 찍히는 바로 그 속도가 아니라 겨우 시속 6km밖에 안 된다는 것. 우리가 생산성 향상을 위해 바치는 대부분의 노동이 사실 진정한 생산성을 저해하는 방식으로 작동한다는 것이다. 그는 살아 있는 인간을 거대한 시스템의 부속품으로 전락시키는 현대사회의 구조를 평생 분석하고 해체하여 마침내 뛰어넘으려 했다. 우리는 완전한 자유를 얻기 위해 어디까지 자신의 삶을 해체할 수 있는가. 그의 목소리를 따라가다 보면, 우리가 자유라 믿는 모든 '안정감'이 실은 허약하기 짝이 없는 가짜 자유임을, 아프게 깨닫게 된다. 일리히는 가톨릭대학교 부총장을 지낼 정도로 촉망받는 인재였고, 10여 개 국어에 능통했으며, 손대지 않은 학문분야가 거의 없었지만, 모든 특권을 포기하고 온 세상을 떠돌며 오직 평범한 사람들을 통해서만 교회가, 믿음이, 세상이 구원될 수 있다는 믿음을 실천했다.

그를 통해 나를 언제나 지켜주고 있는 보이지 않는 힘을 느낀다. 도저히 극복할 수 없는 고통이 온몸을 휘감을 때, 나는 문득 내 아픈 머리를 가만히 쓰다듬는 보이지 않는 손길을 느낀다. 내가 볼 수 없는 곳에서 나를 지켜주는 불빛. 내가 상상도 못하는 아픔으로, 내 고통을 대신 짊어지고 걸어가는 누군가의 슬픈 뒷모습을 바라본다. 이제 내게 사랑은 단념이다. 단념이란 가장 사랑하는 것을 기꺼이 버릴 수 있는 용기다. 이제 내게 사랑은 절제다. 절제란 나를 가장 기쁘게 해주는 바로 그것이 없어도 내가 잘 해낼 수 있다는 믿음이다. 이 아픈 사랑은 오직 완전한 단념과 절제를 통해서만 얻어진다. 그가 없는 모든 곳에서 그의 사랑을 실천하는 용기. 누군가를 어떤 희망도 없이 완전히 사랑할 수 있는, 바로 그 순간까지.

"우정이란 너와 나 사이의 친분이 아니라, 너와 나 사이에
제3자를 누구라도 받아들일 수 있는 환대의 능력이다."

그 시절 재산목록 1호, 비밀과 '베프'

외로운 아이에게 베스트 프렌드를 만들어주는 비법 중 하나. 그것은 '절대 그 친구랑 놀지 마!'라는 부모의 엄명이다. 엄격한 금지는 아이의 마음 한구석에 달콤한 비밀의 방을 만든다. 부모님께 반항하는 은밀한 즐거움. 부모가 싫어하는 일을 나도 할 수 있다는 짜릿한 쾌감. 부모가 반대하는 그 친구의 주변에 서리는 뭔지 모를 신비로운 아우라까지. 사귀는 일 자체가 '비밀'이기에, 죄책감이 커질수록 우정은 굳건해진다.

학창 시절에는 어른들에게 '날라리'로 낙인찍히는 것이 무서웠지만, 어른들의 호통은 '날라리' 친구들을 더욱 매혹적으로 만드는 데 일조했다. 게다가 그들의 패션, 헤어스타일, 음악, 춤, 그 모든 것은 새

시대를 선도하는 유행의 첨단이었던 것이다. '날라리' 친구들의 공통점은 부모님이 모르는 '비밀'이 엄청나게 많아 보인다는 것이었다. 나는 그들의 화려한 패션이나 헤어스타일보다 그들의 알록달록한 비밀을 질투했다. 어른들이 모르는 비밀을 차곡차곡 쌓아가는 것이야말로 재빨리 어른이 되기 위한 지름길로 보였던 것이다.

비밀은 아이들의 내면에 풍요로운 감성의 미로를 만들어준다. 공유할 수 있는 비밀의 밀도에 따라 친구의 멀고 가까움이 정해졌다. 로제 마르탱 뒤 가르Roger Martin du Gard의 소설 《회색 노트》의 자크와 다니엘 또한 그랬다. 그들의 일거수일투족을 감시하는 신부님에게 교환일기를 발각당한 두 사람은, 둘만의 일급비밀이 만천하에 공개될까 두려워 가출을 감행한다. 신부는 아이들의 비밀일기를 훔쳐간 자신의 행동을 반성하기는커녕 보물 1호를 도둑맞고 분노하는 아이를 부모에게 고자질한다. 유명인사인 자크의 아버지는 불량 청소년을 '유해물질' 취급하고, 불량 청소년만 골라 '감화원'에 '분리수거'해야 한다고 믿는 초특급 보수주의자다. 그는 자크가 왜 가족이 아닌 친구에게 모든 걸 털어놓는지, 왜 가출마저 불사할 만큼 아버지를 두려워하는지를 궁금해하지 않는다. 그저 자신의 명성에 누가 되는 소문이 나거나, 아들의 실종 기사가 신문에 날까 봐 전전긍긍한다.

반면 다니엘의 어머니는 아들의 비밀노트를 읽어보라는 신부의 협박에도 굴하지 않고 끝까지 비밀을 지켜준다. "저는 한 줄도 읽지 않겠습니다. 그 애도 모르는 사이에 그 애의 비밀이 사람들 앞에서 폭로되다니요!" 아이들에게는 누구에게도 털어놓을 수 없는 비밀의 DMZ가 필요하다. 그 비밀을 배타적으로 공유할 단짝도 필요하다. 사실 그들의 비밀일기는 소박하기 그지없다. 이런 시를 써봤다고 보여주기도 하고, 구상 중인 소설의 스토리를 들려주기도 하며, 빨리 어른이 되어 단둘이 맘껏 여행을 다니자고 다짐하기도 한다. 그들은 일상에서는 충족되지 않는 창조의 열정을 교환일기에 마음껏 실험하고, 서로의 첫 번째 독자가 되어준 것이다. 아이들은 보편적이고 상투적인 언어와는 다른, 그들만의 방언을, 그들만의 암호를 쓰고 싶어 한다. 그 풍요로운 환상의 방언과 비밀스러운 암호 속에서 아이들의 상상력은 무럭무럭 커간다.

사랑도 아닌 우정이 어떻게 이토록 강하게 이들을 결속할 수 있을까. 어쩌면 가족이 아닌 타인을, 나와 아무런 이해관계도 얽히지 않은 타인을, 순수한 마음으로 사랑할 수 있는 마지막 시간이 사춘기일지도 모른다. 작가가 되고픈 자크는 자신의 꿈을 비웃는 아버지에 맞서, 나에겐 누구도 빼앗지 못할 꿈이 있다고, 아버지가 프로그래밍하는 인생의 규격에 나를 끼워 맞추지 않겠다고 당당히 선언하고 싶었다. 저녁만 먹고 나면 서재로 들어가는 아빠가 아니라, 내게 나쁜 일이 생길 때마다 '하나님한테 벌을 받았기 때문'이라고 질책하는 아빠가 아니라, 내 꿈을 격려해주는 아빠, 내 꿈을 향해 스펙이나 재테크의 계산기를 두드리지 않는 아빠가 필요했던 것이다.

누구라도 내가 사랑하는 것을 건드리면 세상 모든 것과 기꺼이 싸울 준비가 되어 있던 그 시절의 '비밀'은 '폭로의 대상'이 아니라 '재산목록 1호'다. 비밀을 만들고, 봉인하고, 공유하고, 지키는 과정 속에서 우리는 배운다. 비밀이라는 단단한 보호막으로도 가릴 수 없는 진실이 있다는 것을. 우리는 어쩔 수 없이 가릴 수 없는 진실, 참을 수 없는 진실과 더불어 살아가야 한다는 것을. 어른들은 '진실한 나'를 표현하기보다는 '나라고 가정되는 주체'를 연기한다. 우리는 '나라고 가정되는 주체'를 연기하고 있다는 사실조차 망각할 정도로, 자신의 연기력에 심취한 것은 아닐까. 세련된 연기력이 필요 없는 비밀일기, 그 모든 시시콜콜한 비밀을 함께 나눌 '베프'야말로 우리가 되찾고 싶은 보물 1호가 아닐까.

그들의 교환일기는 단지 '비밀'이기 때문에 소중한 것이 아니었다. 내 꿈을 이해하고 인정하는 단 한 사람이 있다는 것만으로도 우리는 세상 모든 비난과 오해를 견딜 수 있다. 꿈과 이상이야말로 우리가 창조하는 모든 사소한 것들을 위대한 존재로 바꾸는 마법임을, 비밀일기는 알고 있었던 것이다.

분노의
본전 계산법

연애상담을 청해오는 사람들에게는 묘한 공통점이 있다. 도무지 상대방이 '내 뜻대로' 움직여주지 않는다고 불평하는 것이다. 그럴 때는 항상 '뜻밖으로'만 도망치는 상대방보다도 '내 뜻대로' 움직이는 것이 옳다고 믿는 자신을 의심해야 하지 않을까. 막상 상대방이 뜻대로만 움직여준다면 사랑은 결코 지속되지 못할 것이다. 그런 상대방에게서는 어떤 의외성도 어떤 매력도 느낄 수 없으니. 우리의 뜻밖으로만 한사코 도망치는 존재, 늘 짐작할 수 없는 곳으로 도망침으로써 '나'라는 소우주의 경계를 넓혀주는 타자가 바로 우리의 영혼을 뒤흔드는 존재, 사랑할 수밖에 없는 존재가 아닐까. 사랑하는 사람이 끊임없이 나의 영토 바깥으로 사라져버릴 것만 같은 긴장감은 사랑의 '폐해'라기보다는 사랑의 '필수영양소'다. 붙잡으려 할수록 더 멀어지는 상대방을 향한 안타까움은 사랑을 무럭무럭 자라나게 한다.

누군가를 '붙잡으려 한다'는 행동 자체에는 근원적 폭력성이 잠재한다. 아무리 사랑하는 마음이 커도 그 마음이 내 곁에 그를 붙잡아두기 위한 것이라면 타자의 타자성은 죽어버린다. 사랑한다는 이유로 상대에게 너무 많은 것을 원하는 것도 마찬가지로 폭력이 될 수 있다. '내가 너한테 어떻게 했는데, 네가 나에게 이럴 수 있어?' 이런 감정이야말로 사랑을 '맞교환'으로 환원해버리는 분노의 본전 계산법이다.

애초부터 사랑에 '본전'이란 없다. 사랑은 매번 우리에게 '무無'에서부터 다시 시작할 것을 요구한다. 매번 어처구니없는 실수를 하고 매번 보석 같은 깨달음을 얻어도, 다음 사랑 앞에서 우리는 속수무책이다. 우리는 사랑한다는 이유만으로 상대에게 너무 많은 것을 바란다. 사랑이 없을 때 불가능했던 모든 것이 이제는 가능해지리라 믿는다. 미국의 심리학자 로버트 A. 존슨Robert A. Johnson은 말한다. "사랑은 신의 완전성을 상대방에게 투사하는 폭력이 될 수 있다"고.

로버트 A. 존슨은 서로에게 '완전성'과 '절대성'을 요구하는 로맨틱 러브가 인간을 얼마나 고통스럽게 만드는지를 지적한다. 사랑은 잠든 무의식의 저장고를 폭파하는 화약이 될 수 있다. 그 화약은 창조적 무의식을 실현하는 '뮤즈'가 될 수도 있고, 때로는 삶 자체를 파괴하는 치명적인 독약이 될 수도 있다. 사랑하는 사람 앞에서 나의 콤플렉스가 한없이 더 커지는 느낌이 들 때, 사랑은 맹독이 될 수 있다. 단지 사랑한다는 이유로 과거의 모든 것을 다 알아내려 혈안이 되어 있는 연인 앞에서, 사랑은 치명적인 무기가 될 수도 있다. 더 많이 사랑하기 때문에 더더욱 서로를 상처 입히는 것, 그 끝나지 않는 상처 교환의 악순환만이 지독한 사랑의 추억이 되어버리는 경우도 있다.

그렇다면 타자의 타자성을 손상시키지 않으면서, 타자를 타자인 채로 사랑하는 방법은 무엇일까. 정답은 없겠지만, 우선 우리가 할 수 있는 일은 두 가지를 철회하는 것이다. '사랑의 완전성'과 '상대방의 완전성'에 대한 기대를 철회하는 것. 그리고 '나의 사랑'과 '너의 사랑'을 비교하는 작업을 끝장내는 것이다. 내 사랑에 비해 네 사랑이 얼마나 작은가를 매번 측정하는 일은 사랑 자체를 끝없는 서바이벌 게임으로 만들어버린다. 사랑에 푹 빠져 있으면서도 사랑으로부터 유체이탈할 수 있는 용기, 더없이 사랑하지만 사랑으로부터 담담히 거리를 둘 수 있는 여유야말로 '사랑에 빠진 당신'에게 선물하고 싶은 마음이다.

그렇다고 맹목적 사랑에 빠지지 않기 위해 너무 조심할 필요는 없다. 조심하고, 통제하고, 경계하는 것은 사랑과는 어울리지 않는 반낭만적 행태다. 아무리 실패한 사랑이라도 사랑은 자아에 매몰된 협소한 삶을 세상 바깥으로 끌어내어 우리 정신의 터전을 확장시킨다. 그런 열정과 그런 숭고함은 사랑 아닌 것에서는 결코 얻을 수 없다. 그러니 두려움 없이 마음껏 사랑에 빠지자. 사랑에서 무언가 가시적인 성과를 얻으려 전전긍긍하지만 않는다면, 사랑은 자아를 확장하는 최고의 연금술이 될 수밖에 없다. 사랑에 빠진 채 감정의 늪에서 허우적대는 것이 누구도 사랑하지 않은 채 꼿꼿한 자아를 고수하는 것보다는 백만 배쯤 낫다. 어떻게 평생 '나'와 더불어 오직 '나'로만 살 수 있겠는가. 사랑은 타자를 자아로 변신시키는 기술이 아니라, 나조차도 낯선 타자로 만드는 영혼의 마술이다.

관계의
빈 공간

얼마 전 TV를 통해 '껌딱지 예술가' 벤 윌슨Ben Wilson을 알게 되었다. 그는 시커먼 껌자국으로 가득한 거리에 엎드려 지저분한 껌딱지를 아름다운 예술작품으로 변화시키고 있었다. 거리 곳곳에 더덕더덕 붙어 있는 껌자국을 자신의 상상력을 마음껏 펼칠 수 있는 거대한 빈 도화지로 활용한 것이다. 그는 사람들이 무심코 지나다니는 무의미한 거리공간을 아름다운 전시공간으로 탈바꿈시킨다. 그는 껌딱지가 가득한 공간에서 아름다운 공간의 여백을 발견해낸 것이다. 많은 이들이 '쓰레기로 가득 찬 포화 상태'만을 보는 공간에서 어떤 이는 상상력이 마음껏 뛰놀 수 있는 '충만한 여백'을 보는 것이다. 그는 500원짜리 동전만 한 껌딱지 안에 수천 명이 운집한 거대한 축구장을 그려 넣는 마법을 보여준다. 그는 거리에서 즉석주문도 받아, 껌딱지 속에 오밀조밀하게 사람들의 소원, 희망, 사랑을 담아낸다.

이렇듯 개인 소유로 차지하는 공간이 아니라, 타인과 기쁨을 함께 나누기 위해 기상천외한 '빈 공간'을 발명하는 이들이 있다. 고정된 대상이나 실체가 아니라 '거리'나 '여백'의 존재를 환기시키는 예술가들이 바로 그렇다. 그러나 빈 공간을 발견해내는 재능을 사리사욕을 위해 써먹는 이들도 많다. 제국주의처럼, 자본주의처럼, 빈 공간을 '나만의 공간'으로 채우려는 탐욕이 아니라, 서로의 평화를 위해 빈 공간의 경제적 가치를 과감히 포기하는 멋진 기업은 찾아보기 힘들다.

독일의 사회학자 게오르크 지멜Georg Simmel에 따르면, 인간의 사회활동과 관계 맺기에서 '빈 공간'은 결정적인 역할을 한다고 한다. 전통사회의 민족들은 종종 A국 국경과 B국 국경이 바로 맞붙는 것을 매우 꺼렸다고 한다. 양국 국경 사이에 '아무도 살지 않는 황무지'가 끼어 있는 상태를 원했던 것이다. 이 황무지는 일종의 중립공간으로서 누구든 지나갈 수는 있지만 누구도 지배할 수는 없는 공간이다. 이 빈 공간이야말로 양국의 평화를 보장하는 비무장지대인 셈이다. 어떤 분쟁도 허용되지 않는 중간지대를 확보하기 위해 옛사람들은 많은 경제적 가치를 포기하고 기존의 거주지역을 일부러 비우기까지 했다고 한다.

현대사회에서 가장 위협받는 것은 바로 이 '빈 공간'의 존재가 아닐까? 모두들 이윤확보를 위해 공간을 가득 채우려고만 하지, 과감하게 비우려고 하진 않는다. 옛사람들의 '비움의 지혜'는 장기적으로 봤을 때 경제적 효과도 컸다. 수많은 희생을 초래하는 영토분쟁과 전쟁의 위험을 줄이는 것이야말로 어떤 이윤확보보다도 커다란 지혜다. 무언

"사랑하는 이들끼리도 각자의 사유와 고독한 비밀의 공간을
남겨줄 수 있다면."

가를 채워야 한다는 강박에서 해방된, 순수하고 특징 없는 빈 공간의 본질은 바로 완벽한 중립성이다. 게오르크 지멜은 말한다. '공간'만이 그 어떤 편견도 없이 모든 존재에 자신을 활짝 열어준다고. 고층빌딩으로 꽉 찬 도시도, 각종 시설로 가득한 거주공간도, 온갖 정보로 빼곡한 인터넷 화면도, 바로 이 '텅 빈 공간'을 필요로 하는 것이 아닐까. 우리의 상상력이 마음껏 기지개를 켜기 위해서는 단지 공간일 뿐 더 이상 아무것도 아닌 곳, 누구도 살지 않고, 누구에게도 속하지 않는 텅 빈 공간이 필요하다.

눈에 보이는 공간뿐 아니라 사람과 사람 사이에도 '관계의 빈 공간'이 필요하다. 이 빈 공간에서만은 갈등을 드러내지 않고, 갈등이 아직 해결되지 않아도 서로 다가가고 만나는 것이 가능한, 마음의 중간 지대를 마련하고 싶다. 가족, 연인, 친구 사이에도 이러한 관계의 여백이 필요하다. 사랑한다고 해서 모든 것을 속속들이 알아내려 하고, 믿는다고 해서 모든 것을 남김없이 털어놓으면, 관계가 숨 쉴 여백의 공간이 생기지 않는다. 사랑하는 이들끼리도 각자의 사유와 고독한 비밀의 공간을 남겨줄 수 있다면, 우리가 쓸 수 있는 마음의 공간은 눈부시게 확장될 수 있을 것이다.

예술가가 '아름다운 대상'을 뛰어넘어 '텅 빈 여백'을 그리듯. 구도자가 난해한 선문답을 뛰어넘어 때로는 모든 언어적 정보를 삭제하는 묵언수행을 하듯. 우리의 수많은 인연의 네트워크도 단지 '관계 맺음'을 넘어 '관계의 빈 공간'을 만드는 여유를 가져보는 것은 어떨까. 너무 많은 사랑이 사랑하는 대상을 질식시키지 않도록. 너무 많은 관심이 사랑하는 사람의 사생활조차 빼앗지 않도록. 인간의 무시무시한

총칼이 닿을 수 없는 비무장지대처럼, 국왕도 함부로 할 수 없었던 삼한 시대의 소도蘇塗처럼. 상대방의 마음을 짓밟지 않고도 서로의 공간을 은밀하게 방문할 수 있도록 인간관계의 DMZ를, 새로운 소도를 만들어야 하지 않을까.

친구 같은 스승,
연인 같은 멘토

내 인생을 한마디로 요약한다면, 아마도 '멘토 찾아 3만 리'쯤 될 것이다. 연애의 이상형보다 스승의 이상형에 집착한 나는, 평생 마음의 스승을 찾아 헤매는 것이 곧 인생이라 믿었다. 그만큼 나는 걸핏하면 길을 잃어버리고, 외로움에 굴복하고, 방황을 취미로 삼는 사람이었다.

그래서일까. 얼마 전 〈개그콘서트〉의 인기 꼭지 '사마귀 유치원'을 보며 가슴이 저렸다. 만 19세 이상 '어른이 여러분'을 향해 펼쳐지는 유치원식 수업 시간. 교과서는 결코 가르쳐주지 않는 어른들을 위한 처세술은 통쾌한 웃음 뒤에 서글픈 칼날을 품고 있었다. '사마귀 유치원'에서는 교과서 어디서도 배울 수 없는 끔찍한 현실의 진풍경이 펼쳐진다. 어른이 되어도 좀처럼 진정한 자립이 어려운 요즘, 사람들은 어린이보다 더 절실하게 스승을 필요로 하는 '어른이'의 상처에 공감한다. 게다가 '어른이'라는 신조어의 뉘앙스가 어쩐지 가슴 시리다.

그래, 우리는 항상 자라고 있는데. 우리는 어른이 된 뒤에도 불현듯 어린이로 되돌아가고 싶은 충동을 느끼는, 죽을 때까지 늘 조금씩 '되어가는 존재'다. 어른이 된다는 것은 '이제 누구도 너에게 어떻게 살아야 할지를 가르쳐주지 않는다'고 외쳐대는 차가운 세상에 무방비 상태로 내던져지는 것이 아닐까.

"친구가 될 수 없다면 스승이 될 수도 없고, 스승이 될 수 없다면 친구도 될 수 없다"는 명언으로 잘 알려진 중국의 사상가 이탁오李卓吾. 그는 사방에서 찾아오는 제자들을 한사코 거부했지만, 한 여인의 간곡한 편지는 차마 거부할 수 없었다. 바로 매담연梅澹然이라는 여인의 절절한 편지였다. 매담연은 청상과부가 된 뒤 친정에 돌아와 살았는데, 자신의 거처를 수불정사繡佛精舍라 부르며 올케들과 더불어 불도를 닦았다.

그녀는 굳이 남성 중심의 아카데미로 진입하지 않고 자기가 사는 곳을 어엿한 아카데미로 만들고, '여자는 도를 깨칠 수 없다'는 편견에 맞서며 묵묵히 불도를 닦았다. 속세에서 단 한 명의 제자도 받지 않으려 했던 이탁오지만 그녀의 간절한 편지를 모른 척하기란 쉽지 않았다. 이탁오는 매담연의 편지에 일일이 답장을 한다. 단, 스승과 제자라는 수직적 인간관계를 거부한 채. 매담연은 그를 '스승'이라 불렀지만, 그는 그녀를 '담연대사'라 부름으로써 일방적 가르침이 아닌 수평적 교유交遊를 추구한 것이다. 신분과 성별의 장벽을 넘어, 서로가 서로에게 스승이자 친구인, 사우師友가 탄생하는 아름다운 장면이다.

루쉰魯迅이 일본의 센다이의학전문학교에서 유학하던 시절, 그는 평생의 멘토 후지노藤野 선생을 만난다. 선생은 대뜸 루쉰의 노트를 달라고 하더니, 이틀 후에야 돌려준다. 살펴보니 루쉰의 노트는 처음부터 끝까지 붉은 글씨로 첨삭되어 있었다. 선생은 빠진 내용을 일일이 직접 써넣어주었을 뿐 아니라 문법이 틀린 곳까지 샅샅이 바로잡아준 것이다. 후지노 선생의 각별한 루쉰 사랑을 질투한 학생들이 '후지노 선생이 루쉰에게 미리 시험문제를 찍어주었다'는 루머를 퍼뜨려 그를 왕따로 만들 정도였다. 이후 루쉰은 의학 공부를 그만두지만, 힘겨울 때마다 등불 아래 후지노 선생의 사진을 비춰본다. 선생의 검고 야윈 얼굴을 떠올릴 때마다 용기가 샘솟기에. 루쉰은 선생의 사진을 보고 용기백배하여, 전통을 옹호하며 권력에 빌붙은 지식인들이 노발대발할 글을 열심히 쓴다. 이렇듯 진정한 스승은 함께 있지 않아도, 영원히 다시 볼 수 없어도, 함께한 기억만으로도 인생의 거대한 힌트를 준다.

나에게도 그런 스승이 계신다. 마음속에서만 은밀히 진행된 '친구 같은 스승 찾기 프로젝트'를 거의 포기할 때쯤, H 선생님을 뵙게 되었다. 선생님을 처음 만난 순간, 나의 부질없는 '멘토 찾아 3만리' 여행이 끝났음을 직감했다. 선생님을 10년만 일찍 만났어도 인생이 달라졌을 거라 상상해보기도 했지만, 지금은 죽기 전에 그분을 만난 것만으로도 내게는 최고의 행운임을 안다.

선생님은 한국 현대사의 뼈아픈 트라우마가 모두 한 몸에 쏟아져 내린 것 같은 험난한 인생사를 살아오셨지만, 어떤 젊은이들보다도 편견 없이 세상을, 인간을, 학문을 바라보신다. 선생님께서 그저 자신이 살아온 이야기를 담담히 들려주시기만 해도, 영감이 가득 담긴 오색사리가 한꺼번에 쏟아지는 것만 같다. 내가 아무리 엉뚱한 질문을 해도 선생님은 내 초라한 우문을 아름다운 현답으로 바꿔주신다. 무엇보다도 나는 선생님을 뵐 때마다 인생을 매번 조금씩 더 사랑하게 된다. 그렇지 않아도 지나치게 짝사랑하는 이 인생을 선생님 덕분에 더 겸허하게, 더 신명나게 사랑하게만 된다. 그분 앞에만 서면 눈치코치 없는 '철부지 어른이'가 되는 게 너무 좋다. 우리 모두에게는 죽을 때까지 우리들을 '영원히 자라지 않는 작고 여린 어른이'로 봐줄 친구 같은 스승, 연인 같은 멘토가 필요한 것이 아닐까.

밤은 깊어가고
술자리도 무르익어,
우리의 사랑도

돌이켜보니 흥겨운 잔칫집에 가본 지가 참 오래되었다. 잔치, 모꼬지, 파티라 부를 수 있는 것의 공통점은 무엇일까. 아마도 목적 없는 흥겨움, 굳이 이유를 따지지 않아도 좋은 신명 같은 것일 터. 잔치의 흥을 점점 맛보기 어려워지는 까닭은 거의 모든 행사의 '이벤트화' 때문이 아닐까.

밸런타인데이와 화이트데이로도 모자라 밀레니엄 빼빼로데이까지 만들어내는 현대인은 이제 각종 조작된 이벤트에 신물이 나버렸다. 결혼식도 돌잔치도 회갑연도, 흥겨움 이외의 목적을 추구하다 보니 정작 잔치의 손님들은 소외된다. 각종 행사는 급증했지만 진정한 잔치는 사라져간다. 플라톤Platon의 《향연》은 '함께 모여 먹고 마시는 일'의 즐거움을 망각해가는 현대인에게 신명나는 잔치의 롤모델을 제시해준다.

아가톤의 집에서 열린 만찬에 참석한 에릭시마코스는 모두가 관심을 가질 만한 매력적인 화두를 제시한다. 바로 사랑의 신 에로스Eros를 예찬해보자는 것이다. "그토록 위대한 신이 이토록 관심을 못 받아왔다니!" 소크라테스도 맞장구친다. "나는 본래 사랑(에로스)밖엔 아무것도 모른다"며 너스레를 떠는 소크라테스는 모두 함께 돌아가며 에로스 예찬을 해보자고 부추긴다. 저마다 나름의 에로스 예찬론을 펼치는 철학자들의 대화 속에서 밤은 깊어가고 술자리도 무르익어간다.

이 철학자들을 묶고 있는 보이지 않는 힘은 바로 이야기를 향한 사랑이다. 타인의 삶이 고스란히 묻어나 있는 뜨거운 이야기를 향한 사랑. 타인을 논박하거나 굴복시키기 위해 각종 권위에 호소하는 이야기가 아니라, 자기 자신을 넘어뜨린 이야기로 타인 또한 넘어뜨리는 감동적인 이야기를 향한 열정. 그들은 밤새도록 에로스 예찬론을 펼치고, 그들 사이에는 서로를 향한 사랑과 질투의 드라마가 펼쳐진다.

에로스는 진솔한 사귐에 방해가 되는 모든 것, 예컨대 열등감이나 질투나 두려움 같은 감정으로부터 자유로워지는 것이다. 이 관계가 잘될까 안될까 하는 계산으로부터의 자유. 자기연민과 자격지심으로부터 벗어나 함께 살아 움직이는 이야기를 만들어가기 위한 용기와 영감이다. 힘센 사랑은 배신조차 무너뜨리지 못한다. 사랑한다는 행위 자체가 아름답기에, 연인에게 기만당하더라도 그 기만조차 아름다워진다. 플라토닉 러브는 육체적 사랑의 배제가 아니라 미덕에 대한 사랑의 극대화다. 에로스는 연인이 곁에 있을 때나 없을 때 당신이

세상 속에서 가장 멋진 모습으로 빛날 수 있게 해주는 힘이다.

파이드로스는 에로스의 힘에 착안하여 '커플부대'라는 것을 제안한다. 전쟁 중에 불현듯 무기를 버리고 도망치고 싶을 때, 다른 누구보다도 '소년 애인'에게 들키는 것이 가장 수치스러우니, 남성커플들로 이루어진 연인부대를 만든다면 승리는 따놓은 당상이라고. 에로스는 연인 앞에서 부끄럽지 않은 사람이 될 수 있도록 용기를 불어넣어주고, 마침내 '나 아닌 나', '나를 넘어선 나'를 꿈꾸는 용기를 선물한다.

흥겨운 잔치에는 마치 약방의 감초처럼 분위기에 찬물을 끼얹는 훼방꾼이 있게 마련이다. 알키비아데스가 바로 그런 인물이다. 그는 소크라테스를 향한 짝사랑에 눈멀어 소크라테스 옆자리를 차지한 꽃미남 아가톤을 향한 질투를 숨기지 못한다. 그는 갑자기 대화주제에서 벗어나 '에로스 예찬론'이 아닌 '소크라테스 예찬론'을 펼치기 시작한다. 최고의 명연설가 페리클레스의 연설에도 꿈쩍 않던 자신이 소크라테스의 연설 앞에서는 심장이 쿵쾅거리고, 눈물조차 뚝뚝 흘리게 된다고. 절세미인의 현란한 춤사위나 천상의 노랫소리가 아니라, 그저 저잣거리의 철학자가 들려주는 민숭민숭한 이야기 때문에 뭇사람들은 자지러지고 신들린다고. 사람들은 술에 취한 듯 이야기에 취하고, 꿈에 취한 듯 이야기에 몰입하게 된다. 마르지 않는 이야기의 샘물, 살아 있는 에로스의 현신은 바로 소크라테스였던 것이다. 그리스인에게 최고의 엔터테인먼트는 바로 철학자의 이야기가 아니었을까. 최고 연장자였던 소크라테스는 철없는 젊은이들의 흐드러진 객기와 취기를 능수능란하게 받아주며, 모두가 곯아떨어진 후 아침이 되어서야 홀로 잔칫집을 떠난다.

우리가 그런 '이야기에 대한 사랑'의 열정을 꽃피울 수 있다면, 막걸리 한 사발이나 커피 한 잔 놓고 친구와 밤을 지새우는 것도, '당신의 꿈을 지지한다'는 이유만으로 생면부지의 타인에게 '리트윗 Retweet'을 하는 것도, 얼마든지 아름다운 '일상의 향연'이 될 수 있다. 흥겨운 잔칫집의 열기, 따스한 모꼬지의 온기가 그리운 요즘이다. '내 사랑의 향방'에만 신경 쓰는 배타적인 연애상담이 아니라, '우리에게 필요한 사랑의 모습이 무엇일까'를 다 함께 고민하는 질펀한 수다의 향연이 그립다. 골치 아픈 철학을 안주 삼아서도 화끈한 잔치를 즐길 줄 알았던 놀이의 달인 그리스 사람들처럼, 우리도 저마다의 질펀한 수다의 향연을 기획해봄이 어떨까. 예전엔 미처 몰랐던 우리들 자신의 숨은 위대성을 발굴하는 힘, 에로스를 예찬하며.

둘

말하진 않았지만
온몸으로,
온 마음으로

이방인을 향한
빨강머리 앤의 사랑법

여행을 하다 보면 여행지의 인심을 측정하는 바로미터가 바로 '처음 보는 이방인을 받아들이는 원주민들의 태도'라는 것을 새삼 깨닫게 된다. 이방인에게 유독 폐쇄적인 태도를 보인다든지, 뭔가 꺼림칙한 뉘앙스를 던지는 곳에서는 편한 마음으로 여행의 즐거움을 만끽하기 어렵다. 여유로운 마음을 가진 원주민들의 특징은, 굳이 언어가 통하지 않아도 거침없이 보디랭귀지를 구사하여 열린 마음을 표현한다는 것이다. 건강한 문명은 섞이는 것, 잡스러워지는 것을 두려워하지 않는다. 나는 '이질적인 타자'를 어떻게 받아들이는가에 따라서 그 지역 문명의 '건강도'를 체크할 수 있다는 것을 깨달았다. 대한민국의 관광수입을 올려주는 외국인 방문자에게는 더없이 친절하면서, 대한

민국의 '밥그릇'을 함께 나누어야 하는 이주노동자에게는 더없이 불친절한 한국인의 인심은 과연 몇 점이나 될까.

고아소녀 앤 셜리의 성장소설로만 알고 있던 《빨강머리 앤》이 최근에는 '이방인을 받아들이는 원주민의 태도'라는 차원에서 새롭게 보이기 시작했다. 앤의 입장이 아니라 마릴라와 매튜의 입장에서 《빨강머리 앤》을 읽으면 이 아름다운 이야기의 또 다른 진경이 펼쳐진다. 마릴라와 매튜는 낯선 자극에 한없이 폐쇄적인 존재들이었다. 마릴라의 이웃 린드 부인도 마찬가지다. 린드 부인은 앤을 잘 알지도 못하면서 앤이 고아라는 사실과 앤의 초라한 겉모습만 보고 온갖 악성 편견의 보따리를 늘어놓는다. '일 잘하는 사내아이'를 농장 일꾼으로 데려오려 했던 마릴라와 매튜는 '잘못 배달된 고아소녀' 앞에서 망연자실하지만, 첫눈에 초록색 지붕집에 반해버린 앤의 그렁그렁한 잿빛 눈동자를 외면하지 못한다. 그들은 받아들이기 싫은 낯설고 불편한 존재 앤을 통해, 낯선 존재를 두려움 없이 사랑하는 법을 배운 것이 아닐까.

마릴라와 매튜는 앤으로부터 '낯선 대상'에서 최고의 아름다움을 발견하는 힘을 배운다. 앤은 모든 사물을 자기만의 방식으로 해석하고 '자신만의 이름'을 붙이며 논다. 그저 익숙한 풍경이었던 초록색 지붕집 주변의 자연은 앤으로 인해 저마다 빛나는 이름을 획득하고 세상에 하나뿐인 장소가 된다. 초록색 지붕집을 가꾼 것은 마릴라지만 그 집에 진정한 아우라를 부여한 것은 고아소녀 앤이었던 것이다. 마릴라와 매튜는 변화의 두려움이 없는 대신 한없이 권태로웠던 자신들의 삶이 얼마나 황폐했는지를 깨닫는다. 아무도 사랑하지 않으리라 결심한 사람들처럼 한일자로 굳게 다문 입술에서 오랫동안 참았던 미

82

소가 번지기 시작한다.

　소풍도 처음, 아이스크림도 처음, 돌아올 집이 있다는 기쁨도 처음, 이 모든 게 처음이라며 그때마다 감사의 키스를 해대는 앤의 애정공세에 마릴라는 정신을 잃고 사랑에 빠진다. 앤을 침착한 아이로 바꾸려는 훈육은 전혀 먹히지 않는다. 마릴라는 비로소 깨닫는다. 앤을 얌전한 모범생으로 훈련시키는 것은 한 줄기 얕은 시냇물 위에서 춤추는 햇빛을 훈련시키는 것과 마찬가지임을. 아무리 엄격한 벌을 내려도 어느새 그 '굴욕의 시간'마저 '놀이의 시간'으로 바꾸어버리는 앤. 그런 앤에게 가족이 되어줄 수 있다는 것, 그런 앤에게 언제나 그리운 사람이 될 수 있다는 것만으로도 마릴라에겐 더할 나위 없는 축복이다. "집이 있고 집으로 돌아간다는 게 너무 좋아요. 전에는 어떤 곳도 사랑한 적이 없어요. 그 어디도 결코 집 같지가 않았거든요. 아, 마릴라 아주머니. 전 너무 행복해요."

　마릴라는 조금이라도 밝은 장소에서는 결코 앤을 마음껏 바라보지 못한다. 마릴라는 다정한 언어와 제스처로 사랑을 표현하는 법을 배우지 못했다. 마릴라는 사실 앤을 너무 깊이 사랑하게 될까 봐 두려워하고 있었다. 마릴라는 자기가 앤을 좋아하는 것처럼 '인간을 지나치게 사랑하는 것'은 죄악이라 믿었던 것이다. 앤이 어느새 마릴라보다 키가 훌쩍 컸다는 사실을 알아챈 날, 마릴라는 저녁 어스름 속에서 이상한 슬픔을 느끼며 홀로 흐느낀다. 나의 사랑과 보살핌이 필요한 존재, '나의 아이', '내 소속의 책임'이었던 앤은 사라져버리고 어느덧 '타인에게 필요한 존재', '이 세상을 향해, 세상 밖으로 내보내야 할 존재'가 된 것이다.

죽은 예수를 무릎에 눕히고 처연하게 바라보는 마리아를 그린 〈피에타〉가 감동적인 이유는 오직 '내 아들'이기만 했던 예수를 이 세상의 아들로, 이 세상 모든 '남들의 아들'로 내어주는 순간의 고통스러운 기적을 더는 거부하지 않고 받아들이는 마리아의 용기가 그려져 있기 때문이 아닐까. 내 것이 아닌 것을 내 것으로 받아들이는 용기만큼이나, 한때 내 것이라 믿었던 것을 '남들의 것'으로 내놓는 용기야말로, 이 '입양의 시대'에 필요한 아름다운 윤리가 아닐까. 주근깨 빼빼 마른 빨강머리 앤이, 어딜 가든 천덕꾸러기였고 군식구 취급을 받으며 유리창에 비친 자신의 이미지가 유일한 친구였던 앤이, 한 남매의 딸을 넘어 우리 모두의 영원한 딸내미가 되었듯이.

함께 있자,
살자,
울자

곱씹을수록 뜻밖의 슬픔이 배어나는 유행어가 있다. 예컨대 '지못미'가 그렇다. 지켜주지 못해서 미안해. 언젠가부터 이 말이 늘 목에 걸린 가시처럼 아팠다. '지못미'로 과연 상실감을 제대로 표현할 수 있을까. 단어 하나하나가 수상쩍다. 그냥 '지키지'가 아니라 '지켜주지'라는 것도, '안 해서'가 아니라 '못해서'인 것도, '슬프다'가 아니라 '미안해'인 것도 수상하다. 남대문이 불타 무너져내렸을 때도, 노무현 전 대통령의 서거일에도, 수백만 네티즌이 지못미의 퍼레이드를 펼쳤다. 지못미는 애도의 원초적 불가능성을 손쉬운 줄임말이라는 의례적 액션으로 대체해버린다. 지못미 속에 말로는 다 못할 슬픔이 담겨 있지 않다면, 지못미는 결국 타인을 지켜주지 못한 자신의 죄를 향해 스스로 발급하는 면죄부가 아닐까. 지못미는 살아남은 자의 슬픔을 교묘하게 정당화한다. 죽은 것만으로 충분히 처벌받은 사람마저 '지켜줘야 할 무력한 대상'으로 타자화시킨다. 무엇보다 지못미는 너무 즉각적이며 간단명료하다. 애도는 그렇게 인스턴트식품처럼 편리하게 대체될 수 없다.

진정 타인의 죽음을, 떠남을, 사라짐을 안타까워하는 사람은 지못미라는 간단한 세 글자로는 상실감을 표현할 수 없다. 정말 지켜주지 못해 미안한 사람들은 지못미는커녕 오히려 '나 때문에 그분이 돌아가셨다'는 자책감에서 벗어나지 못한다. 이것이 상실감을 견딜 수 없는 존재가 취할 수 있는 윤리적 태도다. 그리하여 데리다Jacques Derrida는 말했다. 실패한 애도만이 오히려 역설적으로 성공한 애도라고. 사랑하는 사람을 영원히 되찾을 수 없다는 사실을 뼈아프게 깨닫는 것이 애도의 피날레다. 애도의 불가능성을 스스로 인정하는 것이 애도의 윤리가 시작되는 지점이다. 상실의 슬픔이란 충격이나 폭소처럼 즉각적인 감정이 아니다. 상실의 슬픔은 다른 어떤 감정들보다 천천히 온다. 상실감은 '슬퍼하는 나'와 '그것을 바라보는 나'를 분리할 수 있을 때 찾아온다. 슬픔은 삶을 객관화하는 또 하나의 시선을 전제로한다. 커다란 충격으로 마비되어버린 영혼은 슬퍼할 여유조차 없는 것이다. 책임감 강한 사람들은 애도의 의례를 무사히 마치기 위해 정작 자신의 슬픔은 저 멀리 미뤄둔다. 슬픔만으로는 아무것도 할 수 없음을 알기에, 온 힘을 다해 지극한 담담함을 연기하며 '이 끔찍한 상실 앞에서, 무엇을 할 것인가'를 고민하는 것이다.

프로이트Sigmund Freud의 〈애도와 우울증〉에 따르면, 대상의 상실로 인한 우울증이 여타의 슬픔과 결정적으로 다른 점은 '자애심의 추락'이라고 한다. 대상의 상실을 곧 자아의 상실로 인식하면서, 타인은 물론 자기를 사랑하는 능력조차 잃어버리는 것이 우울증의 치명적 위험이다. 슬픔의 경우는 세상이 빈곤해지지만, 우울증의 경우는 자아가 빈곤해진다는 것이다. 이 모든 것이 내 탓이라 생각하는 순간, 우울의 칼날은 자기 자신을 향하게 된다. 급기야 '누군가 나를 처벌해주었으면' 하는 망상에 빠지면서, 고통이 기다리는 장소를 향해 자발적으로 떠나기까지 한다. 소중한 사람을 잃은 이들이 위험천만한 전쟁터에 자원하는 심리가 바로 그것이다.

우리에게 진정 필요한 것은 뒤늦은 애도가 아니라 바로 지금 이 순간의 애정이다. 때늦은 지못미가 아니라 때 이른 배려와 우정이 필요한 것이 아닐까. 우리는 지못미라는 손쉬운 댓글을 남기기 전에 지켜줘야 할 사람들을 바로 여기서 찾아야 하지 않을까. '지켜주지 못해 미안해'하지 말고, 그저 묵묵히 사랑하는 것들을 지켜내자. 애도는 되돌릴 수 없는 과거를 향한 몸부림이고, 애정은 지금 여기서 '너와 나, 우리'의 시간을 창조하자는 약속이다. 슬픔은 우리를 병들게 할 수 있다. 하지만 회복 불가능한 슬픔만이 '내가 누구인가'를 잊어버리지 않게 하는 소중한 통로일 수도 있다. 슬픔은 고통이다. 하지만 실패할 수밖에 없는 진정한 애도는 떠나간 대상을 결코 잊지 않기 위한 인간의 포기할 수 없는 권리이기도 하다.

소중했지만 다시는 볼 수 없는 사람들을 생각할 때마다, 나는 그들이 어느새 내 몸, 내 맘, 내 삶의 일부가 되어 있음을 느낀다. 처음엔 그들이 지워지지 않는 문신 같았다. 떠올릴 때마다 새로운 아픔으로

다가오는 끔찍한 문신. 하지만 시간이 지나면, 그들을 잃어버렸다는 사실보다 내가 여전히 변함없이, 아니 오히려 예전보다 더 그들을 사랑한다는 사실을 받아들이게 된다. 떠나간 이들이 몸 밖의 문신이 아니라 몸 안의 장기처럼, '이미 나보다 더 나다운 또 다른 나'가 되어 있음을 깨닫는다. 이미 죽은 자의 고통을 뒤늦게 아파하는 대신, 이 순간에도 어디선가 죽어가는 자의 고독을 함께 아파해야 하지 않을까. 지켜야 할 이가 있다면 선심 쓰듯 지켜주지 말고, 그냥 묵묵히 지켜내자. 그가 눈치채지 못하도록, 지킨다는 의식조차 없이, 그저 곁에 함께 있자, 살자, 울자. 슬픔은 우리를 파괴할 수 있다. 하지만 그 끔찍한 슬픔 때문에 우리는 비로소, 아직은, 우리 자신일 수가 있다.

들쭉날쭉함과
셀 수 없는 오류들,
말할 수 없는 비밀들

고등학교 시절 나는 글쓰기를 무척 좋아했지만 논술은 끔찍이 싫어했다. 서론, 본론, 결론의 틀에 맞춰 꾸역꾸역 글을 쓰다 보면 어느새 글 속에서 '나다움'이 사라져버리곤 했기 때문이다. 글을 쓰는 과정에서는 필연적으로 꼬리에 꼬리를 무는 잡생각들이 피어올랐다. 나는 본문에서는 버려질 것이 빤한 잡생각들을 일일이 메모하며 '아, 이런 게 정말 나다운 것인데!'라며 홀로 안타까워했다. 애초의 계획에서 벗어난 다양한 곁가지 생각들이 오히려 마음에 들어 자꾸만 본문 바깥, 생각의 갓길에서 한껏 노닥거리고 싶은 충동. 글쓰기뿐만 아니라 인간도, 인생도, 세상도 그런 것이 아닐까. 때로는 예상치 못한 잡생각이, 메인 테마를 벗어난 잡음 같은 의외의 사건들이 우리 삶의 계획된 항로를 뒤엎곤 한다. 논리가 이끄는 대로만 충실히 글을 쓴다면 문학이 탄생할 수 없을 것이고, 인간의 모든 행동이 이익이나 합리를 향해서만 나아간다면 역사는 지금과 같은 모습으로 조각되지 않았을 것이다.

도스토옙스키Fyodor Mikhailovich Dostoevskii는 글쓰기 과정에서 발생하는 의외성과 불합리를 인간 사유의 근원적 문제로까지 확장시켰다. 그는 《지하로부터의 수기》에서 끊임없이 '논지에서 벗어난 것을 용서하라'고 말하면서도 틈만 나면 아무 이유 없이 변칙적으로 논지를 이탈한다. 바로 그 들쑥날쑥함과 셀 수 없는 오류들이 이 소설을 읽는 진정한 매력이며, 도스토옙스키가 창조한 19세기 최고의 '지하인간'의 결정적 본성이다. 도스토옙스키는 인간 사유 자체에 내재된 모순과 분열, '계몽된 이성'으로는 결코 완벽하게 재단할 수 없는 예측 불능의 인간형을 《지하로부터의 수기》에 담아냈다. 이 소설의 주인공은 무려 20년 동안 그야말로 아무도 만나지 않고, 아무것도 하지 않은 채 세상으로부터 잠수를 해버린 은둔형 외톨이다. 그의 존재를 증명해주는 것은 오직 치열한 독백 같은 글쓰기뿐이다. "나는 병자다. 나는 악인이다. 나는 결코 남에게 호감을 줄 수 없는 그런 인간이다"라는 소설의 첫 대목은 마치 세상을 향한 선전포고처럼 들린다.

《지하로부터의 수기》는 주인공이 '그칠 줄 모르는 악의'라는 영혼의 불치병을 앓게 된 과정, 그리고 오직 책을 통해서만 세상과 소통하는 고독한 인간의 눈에 비친 세상을 그린다. 이 소설의 주인공은 《죄와 벌》의 라스콜리니코프를 닮은 음울하고 도발적인 목소리로, 니체 Friedrich Wilhelm Nietzsche의 차라투스트라처럼 주옥같은 문명비판의 목소리를 토해낸다. 《지하로부터의 수기》는 19세기 중반 합리주의와 계몽주의가 유행하던 러시아사회에 던지는 거대한 물음표였다. 합리적 이성과 물질문명의 진보에서 희망을 보던 계몽주의자들의 규범적 사유에 맞서, 도스토옙스키는 이성의 지하에 있는 인간, 계몽의 그늘에 있는 인간의 또 다른 모습을 그려낸다. 도스토옙스키가 보기에 인간은 결코 '이성의 총합'에 그치지 않는다. 의식만큼이나 무의식이, 이성만큼이나 욕망이, 논리만큼이나 불합리가 인간을 움직이고 세계를 변화시킨다.

《지하로부터의 수기》의 주인공은 '난 혼자인데 그들은 모두 닮았다!'는 생각 때문에 평생 괴로워한다. 혼자 있을 때조차 이 세상 모두의 시선을 두려워하는 인간, 그러나 그 누구의 사랑도 받지 못했기에 아무도 사랑할 수 없는 지하인간. 이 소설의 주인공은 오직 생각 속에서만 소통을 꿈꾸고, 생각 속에서만 세계를 바꾸고, 생각 속에서만 타인을 사랑한다. 그의 유일한 동무는 책이다. 그는 머릿속에서 마치 레고 조립을 하듯 손쉽게 세계를 창조하고 순식간에 세계를 허물어뜨리는 몽상으로 하루를 보낸다. 그러나 그가 접속할 수 없는 유일한 대상 또한 바로 세계다. 그는 참을 수 없이 세계를 갈망하지만 세계와 만날 수 없고, 참을 수 없이 소통을 갈망하지만 타인의 시선을 견디지 못한다. 이 소설의 주인공은 단지 오늘날 사회문제가 되어버린 '히키코모리'의 문화적 원형일 뿐 아니라, '함께 있음의 고통'도 '혼자 있음의 고립감'도 견디지 못해 남몰래 신음하는 현대인들의 자화상이기도 하다. 그가 숨어 사는 '지하'는 단지 공간적 의미가 아니라 사회적이고 심리적인 의미의 '지하'다. 우리가 차마 내보이지 못하는 마음의 지하, 그것은 단지 분석과 치료를 기다리는 마음의 질병이 아니라, 인간 정신의 순수한 원형이자 버릴 수 없는 무의식의 심연이기도 하다. 도스토옙스키의 지하인간이 섬뜩하면서도 매혹적인 것은 그가 숨김없이 토로하는 영혼의 지하감옥이 우리 자신의 '말할 수 없는 비밀들'과 소리 없이 교감하기 때문이 아닐까. 《지하로부터의 수기》는 우리들 저마다의 마음에 숨겨진 '영혼의 지하실'을 일깨운다. 어제 참은 우리의 분노는, 오늘 겪은 우리의 절망은, 또 어떤 영혼의 지하실에 감금되어 은밀한 부활을 꿈꾸는 것일까.

'어여삐'라는
어여쁜 말

어떤 단어는 오래된 가구를 닮아서, 그 위에 가만히 걸터앉아 쉬고
싶을 때가 있다. 드라마 〈뿌리깊은 나무〉에서 세종이 한글을 반포하
며 썼던 '어여삐'라는 단어가 그렇다. 〈뿌리깊은 나무〉는 '어여삐'라
는 낱말이 품을 수 있는 슬픔의 극한을 보여준다. 나랏말씀이 중국과
달라 백성들이 이르고자 할 바가 있어도 그 뜻을 마음껏 펼쳐내지 못
하는 것을 진심으로 안타까워하는 마음. '어여삐'라는 말을 쓰기 전,
한글을 함께 만들고 퍼뜨리기 위해 목숨을 건 수많은 백성들의 얼굴
하나하나를 떠올리며 머뭇거리고 망설이는 세종의 눈빛이 너무도 아
름다웠다. '어여삐'라는 낱말에 그토록 많은 이야기들이 담겨 있을 줄
이야. 그런 마음은 이르고자 할 바를 마음껏 펼쳐본 자의 여유를 넘어,

원하는 바를 표현하지 못하는 고통이 얼마나 끔찍한 것인지를 절실히 깨달은 자의 내공이 아닐까. 이 세상 위정자들은 수많은 선언문을 남겼지만, 《훈민정음》 서문만큼 '이르고자 할 바'를 정확히 전달하고 실천한 선언문이 얼마나 될까.

　신화학자 조지프 캠벨Joseph Campbell이 《훈민정음》 서문을 봤다면, 이렇듯 타인을 어여삐 여기는 마음이야말로 영웅의 제1조건이라 불렀을 것 같다. 캠벨의 눈에 비친 영웅은 슈퍼맨이나 스파이더맨처럼 초인적인 육체적 힘으로 완성되는 것이 아니라, '내 일'이 아닌데도 굳이 타인의 삶에 끼어들어 타인의 아픔을 곧 자신의 인생으로 역전시켜버리는 자비로 완성되는 것이다. 타인의 고통을 향해 자기도 모르게 눈물 흘리는 마음의 틈새, 그것이 바로 '어여쁜' 마음, 자비일 것이다. 캠벨에게 영웅의 자비란 곧 타인의 슬픔에 기꺼이 참여하는 용기를 의미했다. '자비慈悲'는 놀랍게도 본래 최고의 우정을 가리키는 말이라고 한다. 사랑을 의미하는 자慈와 슬픔을 의미하는 비悲의 오묘한 듀엣이 자아내는 의미의 굴절을 곱씹어본다. 이 사랑은 나보다 아픈 이를 향한 사랑, 나보다 슬픈 이를 향한 사랑이 아닐까. 사랑에는 본디 대상을 향한 무한한 슬픔이 내재되어 있다는 의미일까. 자비는 다만 당신을 사랑하기 때문에 기꺼이 견뎌야 할 슬픔의 다른 이름일 것이다.

　불교에서 말하는 자비에는 세 가지가 있다고 한다. 첫째, 인연의 힘을 따라 일으키는 중생연衆生緣의 자비, 둘째, 모든 존재에는 실체가 없음을 깨닫고 집착을 버린 상태에서 일어나는 법연法緣의 자비, 셋째, 대상이 없이 일으키는 무연無緣의 자비. 물론 그 어떤 대상의 속성에도 지배되지 않는, 자비 자체를 위한 무연자비가 최고의 경지일 것이다. 이태석 신부님의 일대기를 다룬 책 제목처럼 "나는 당신을 만나기 전부터 사랑했습니다" 같은 경지가 바로 무연자비가 아닐까. 네가 어떤 사람이든, 심지어 네가 아직 세상에 태어나지 않았을지라도 관계치 않는 사랑. 이름이 없고 대상이 없는 타인 자체를 향한 슬픔 어린 사랑.

그런 의미에서 '쿨함'을 강조하는 현대인의 감정억제문화는 인간이라면 누구나 느낄 수 있는 자비심을 억압하는 문화인 것 같다. 아무리 슬퍼도 쿨하게 대처하는 것이 세련된 도시인의 감성인 양 가르치는 것은 타인을 향한 '어여쁨'의 감정마저도 억압하는 것이 아닐까. 슬퍼할 수 있는 능력은 결코 빼앗겨서는 안 되는 권리다. 너무나 쉽게 슬픔을 극복하는 인간은 유능한 인간이 아니라 슬퍼할 기회조차 박탈당한 인간이 아닐까. 절제와 무감각은 다르다. 연민을 잘 느끼는 사람들에게 '오지랖이 넓다'고, '네 코가 석 자다'라고 타박하는 것은 옳지 않다. 알고 보면 연민이 많은 사람이야말로 타인의 슬픔을 보지 않고도 그려낼 수 있는 상상력이 풍부한 사람이기 때문이다. 형편이 어려운 사람이 남을 더 잘 돕는 것은 아이러니가 아니다. 슬픔을 절실히 느껴본 이가 타인의 슬픔을 상상하는 능력이 더 뛰어나기 때문이다. 장래희망을 '성공하는 사람들의 100가지 습관'이 아니라 '타자의 신음소리'에서 찾는 사람이야말로 캠벨이 말한 진정한 영웅일 것이다. 그런 이들은 자아란 축소된 타자이며, 타자는 확대된 자아임을 본능적으로 눈치챈다. 자비의 프리즘에 비춰보면 '타자'는 본능적으로 경계할 대상이 아니라 아직 사귀지 못한 미지의 친구인 것이다.

나만 성공하기 위한 '공부'가 아니라, 타인의 공감을 얻는 능력을 배우는 진정한 '감정교육'이 절실한 요즘이다. 네가 어디 있든, 네가 무엇을 하든, 네 아픔에 공명할 준비가 되어 있을 때 자비는 시작된다. 송경동 시인의 책처럼 "꿈꾸는 자 잡혀간다"고 겁주는 세상에 맞서, 타인의 슬픔을 향해 지치지 않고 꿈꿀 수 있는 세상을 꿈꾼다. 타인을 '어여삐' 여김으로써 저절로 '어여삐'지고 싶다. 어떤 낱말은 단지 '의미'가 아니라 세상 전체를 등에 짊어지고 묵묵히 걸어간다. '어여삐'라는 말이 내게는 그렇게 어여쁘다.

"몸 사리지 말고 타인의 삶에 개입하라고, 세상의 고통 속으로
뛰어들라고, 그래도 괜찮다고 말해주는 어른들이 필요하다."

Don't be
a Stranger

영화를 보다가 문득, 어떤 문장이 화살처럼 아프게 귀에 꽂힐 때가 있다. "None of your business"라는 표현이 그렇다. '상관 마', '참견 마'로 해석되는 이 표현은 '참견해도 될 일'과 '참견해선 안 될 일'을 날카롭게 구분한다. '너나 잘해', '남이사', '돌아서면 남' 같은 말들은 타인의 삶에 따스한 눈길을 던졌던 우리의 관심을 무색하게 만든다. 그렇게 너와 나의 관계 맺기를 차단하는 말들 때문에 삭막한 세상은 더욱 팍팍해지는 것 아닐까. 반면 내 마음을 환하게 밝혀주는 표현도 있다. 예컨대 "Don't be a stranger" 같은 문장은 이별의 표현이지만 이별의 한기를 단숨에 녹여주는 따스함이 있다. '연락하고 지내자', '안면 트고 살자' 정도로 해석되는 이 말은 가끔 신비롭고 유혹적이기까지 하다. 친구가 이사 가거나 전학 갈 때, 동료가 전근할 때, 자 칫 연락이 끊기기 쉬운 상황에서 누군가 이런 말을 해준다면 마음이 얼마나 따뜻해질까. "Don't be a stranger"라는 문장은 우리 모두가 서로에게 낯선 이방인이 되지 말자는 달콤한 속삭임 같다. 몰라도 되는 사람, 연락 안 해도 아쉽지 않은 사람이 아니라, 한 번 맺은 인연을 쉽게 풀지 말자는 굳은 다짐처럼 들리는 것이다.

'내 성적, 내 월급, 내 스펙을 잘 챙겨라'라고 가르치는 어른들은 많지만, '남의 꿈, 남의 희망, 남의 사랑을 돌볼 필요가 있다'라고 가르치는 어른들은 점점 줄어든다. 그런데 인간의 두뇌는 남을 생각해야 나를 더 잘 알게 되도록 만들어졌다. 내 꿈, 내 희망, 내 사랑도 본래 남들의 것을 엿보며 자란 생각의 나무들이다. 책만 보거나 마우스만 클릭할 것이 아니라 신발을 신고 문밖으로 나가 직접 발로 뛰며 굴러야만 알 수 있는 생의 진실이 있다. 그러니 몸 사리지 말고 타인의 삶에 개입하라고, 세상의 고통 속으로 뛰어들라고, 그래도 괜찮다고 말해주는 어른들이 필요하다. 모두가 '남을 이해하라'고 가르치기보다 '남을 이겨라'라고 가르친다면, 아이들은 남은 물론 자신조차 진정으로 사랑하기 어렵게 되어버리지 않을까. 중요한 것은 OECD에 편입되어 무엇이든 세계 10위 안에 드는 것이 아니라, 내 곁의 사람들을 챙기고 스스로를 지킬 줄 아는 사람들이 많아지는 것이 아닐까. 말하자면, 국민총생산보다 훨씬 중요한 것이 바로 이 '국민총소통'이 아닐까.

신학자 마르틴 부버Martin Buber는 'I-Thou(나-너)'를 마치 합성어처럼 사용했다. 나와 너라는 별개의 단어가 마치 처음부터 한 단어였던 것처럼 자연스럽게 사용하는 마르틴 부버. 그의 어법은 모든 것을 내 것과 네 것으로 구분하는 현대인의 꽉 막힌 사유의 장벽을 자연스럽게 허물어버린다. 당신의 고통 속으로 뛰어들어도 될까요. 내 아픔 속으로 얼마든지 들어오세요. 그래도 괜찮습니다. 아니, 우린 그래야만 합니다. 남의 일에 뛰어들어야만 겨우 알게 되는 세상이 있지요. 남이 내 일에 감과 배를 놓아주어야만 깨닫게 되는 진실이 있지요. 마르틴 부버는 이렇게 속삭이는 것 같다. 그는 나의 의미가 오직 너를 통해서만 발현될 수 있음을 힘주어 강조한다. "온 존재를 기울여 너를 향하여 나아갈 때 참된 나는 살아서 움직이고 현재를 사는 것이다."

카를 마르크스Karl Marx는 이 '나-너'의 분리 불가능성을 남보다 일찍 깨달은 것 같다. "인간의 본성이란 자신과 동시대 사람들의 완성을 위해, 그 사람들의 행복을 위해 일할 때에만 자기의 완성을 달성할 수 있게끔 되어 있다." 마르크스가 열일곱 살 때 남긴 문장이다. 그는 사적 행복과 공적 행복 사이에 단지 희미한 교집합이 있는 것이 아니라 '인류의 행복'과 '자아의 완성'이 완전히 일치할 때 비로소 진정한 개인의 행복도 찾아올 수 있다고 믿었다. 개인의 행복과 집단의 행복이 일치하지 않는다면, 어떤 행복도 완전할 수 없음을, 전 생애를 통해 증명하는 것이 그의 글쓰기였다. "지금까지 철학은 세계를 해석해왔다. 문제는 세계를 변혁하는 것이다"라는 메시지에 담긴 사유의 마그마. 그것은 바로 '네 일이나 잘해'라고 윽박지르는 세상을 향해 '당신의 일이 바로 내 일이다, 모든 것이 우리 일이다'라고 맞받아치는 당당함이 아니었을까.

레비스트로스Claude Lévi-Strauss는 글이 풀리지 않을 때마다 마르크스의 책 아무 곳이나 펼쳐 닥치는 대로 읽었다고 한다. 그가 마르크스를 사랑한 이유는 바로 이것이었다. "마르크스를 읽으면 머리가 좋아지는 것 같은 기분이 들기 때문입니다." 나에게 마르크스가 매번 섬뜩한 새로움으로 다가오는 이유는, 그의 문장 하나하나가 내가 자꾸만 잃어가고 있는 어떤 아련한 빛을 상기시켜주기 때문이다. 그 빛은 '나'라고 불리는 익숙한 것들과 '너'라고 불리는 낯선 것들을 이어주는 보이지 않는 열정이다. 물론 타인을 돕는 일은 위험하다. 누군가 나의 아픔 속으로 성큼 걸어들어오는 것도 위험하다. 그러나 우린 알고 있다. 위험이 있는 곳에 비로소 구원이 있음을. "다만 연결하라"고 에드워드 포스터Edward Morgan Forster는 말했다. 무엇을 연결할까. 나와 당신을, 우리와 그들을, 사랑할 수 있는 것과 사랑할 수 없는 것들을 연결해보면 어떨까. 세상은 무섭다. 하지만 이 무서운 세상을 아무도 바꾸려 하지 않는다면, 그것이 훨씬 무서운 일이 아닐까.

《어린 왕자》의
여우처럼,
멋진 리액션을

대답 없는 세상을 향해 끊임없이 문을 두드리는 사람들이 있다. 그렇게라도 해야만 '만에 하나' 그들이 우리의 요구를 들어주기 때문이다. 항변도 해보고, 시위도 해보고, 청원도 해보지만, 세상은 꿈쩍 않는다. 영화 〈부러진 화살〉이나 〈도가니〉처럼 대중의 거대한 분노를 불러일으켜 '이야기의 상품성'을 인정받아야만, 그토록 대답 없던 문들이 그나마 살짝 '움찔'해준다. '나쁜 놈들의 전성시대'가 끝나기는커녕 점점 기세등등해지는 세상. 저마다 억울한 사연을 품어 안고 굳게 닫힌 세상의 문을 두드리는 이들은 '격렬한 싸움'보다 '상대의 무반응'이 훨씬 무서운 것임을 안다.

좋은 세상은, 사람들의 쏟아지는 질문에 좀 더 지혜롭게, 좀 더 친절하게 대답해주는 세상이 아닐까. 배운 만큼, 가진 만큼, 더 열심히 질문에 응답해야 하는 이들이 그 질문을 철저히 묵살하는 세상 속에서 사람들은 서럽고, 괴롭고, 외롭다. '우리의 액션'만 있고 '그들의 리액션'은 없는 세상 속에서, 사람들은 점점 지쳐가고 있다.

　우리 사회는 '액션'의 중요성에만 집중하고 '리액션'의 중요성을 가르치는 데는 소홀하다. 연설의 중요성, 고백의 중요성, 프레젠테이션의 중요성을 강조하는 책들은 쏟아져 나오지만, 상대의 액션을 향해 어떤 리액션을 보낼 것인가에 대해서는 좀처럼 가르치지 않는다. 상대방이 멋진 의견을 낼 때, 그저 '대박', '헐'이라는 상투적 감탄사로 그칠 것이 아니라 좀 더 대화를 신명나게 이어나갈 수 있는 멋진 추임새를 넣어주는 센스, 그것이야말로 교양의 숨결이 아닐까. 올바른 리액션이 필요한 대표적인 분야 중 하나는 사랑 고백일 것이다. 고백을 받는 쪽에서도, 고백은 마음의 스케일을 시험하는 관문이다. 사랑하지 않으면서 고백을 수락한다거나, 상대방이 계속 자신을 사랑하도록 '희망고문'하는 것, 사랑하지 않는다는 이유로 상대방에게 필요 이상의 상처를 주는 것. 이런 행동들은 상대방에게 씻을 수 없는 상처를 남긴다. 상대방과 같은 무게로 마음을 줄 수 없더라도, 우리는 존재에 대한 예의를 지켜야 한다. 존재에 대한 예의를 지키면서 존재를 거부하기란 쉬운 일이 아니다. 어떤 제안이든 수락만큼이나 거부의 리액션도 중요하다. 상대방을 거부하는 것이 아닌, 그 제안을 거부할 뿐이라는 사실을 설득시키기란 얼마나 진땀나는 일인가. '고백의 기술'이 중요한 만큼 '거절의 윤리'도 소중하다.

　살아 움직이는 생물만이 리액션을 하는 것은 아니다. 우리는 가끔

'말할 수 없는 사물'이, 대화가 불가능하다 믿었던 존재들이, 어느 순간 말을 걸어오는 현상을 경험한다. 우리가 따스한 눈길을 보내면, 자연 또한 우리를 향해 다정하게 윙크를 해주는 듯한 느낌이 들 때가 있다. 이렇듯 사물을 향한 인간의 시선에 화답하는 사물의 리액션을 발터 벤야민Walter Benjamin은 '아우라'라고 불렀다. 인디언이나 주술사처럼, 말 없는 사물에게서 뿜어져 나오는 아우라를 예민하게 포착하는 사람들도 있다. 그들은 살아 있는 모든 것들에게서 섬세한 리액션을 읽어낸다. 아우라는 주체와 대상 사이에 존재하는 의미 있는 시선의 교환 속에서 탄생한다. 아우라는 주체가 대상을 포획하거나 대상화하는 방식이 아니라 사물과 인간 사이에 일어나는 '교감'이라는 '사건'을 증언한다. 아우라를 통해 대상은 수동적 객체가 되기를 멈추고 시선과 욕망을 지닌 새로운 주체로 탄생한다.

엘리엇Thomas Stearns Eliot의《황무지》는 아마도 그 모든 '아우라'가 사라진 세계의 끔찍함을 노래하는 것이 아닐까. 모든 것이 파편화되어 "부서진 형상들"만 즐비하고, "어떤 것도 다른 어떤 것과 연결시킬 수 없는" 세계. 아무리 화려한 액션을 보내도, 어떤 리액션도 돌아오지 않는 세계. '거기 누구 없소'라고 물어봐도 누구도 대답하지 않는 세상. 이렇듯 가장 절망적인 세계는 고통이 가득한 세계가 아니라 타인의 리액션이 없는 세계가 아닐까. 코맥 매카시Cormac McCarthy의《로드》의 주인공에게 유일한 길벗이 되어준 아들이 없었다면, 그는 그 험난한 여정을 견딜 수 없었을 것이다. 아들은 그에게 "세상과 죽음 사이의 모든 것"이었다. 아무리 세상의 종말이 온 것 같아도, 서로에게 리액션을 보내줄 단 한 사람만 있으면 인간은 고통을 견딜 수 있다. 아름

"나와 당신을, 우리와 그들을, 사랑할 수 있는 것과 사랑할 수 없는 것들을 연결하자."

다운 리액션은 그 사람의 하나뿐인 개별성을 알아보아야만 가능하다.

《어린 왕자》의 여우처럼, 김춘수의 〈꽃〉처럼, 오직 세상에 하나뿐인 존재를 향해 보낼 수 있는 따스한 눈빛. 나는 오늘도 그런 아름다운 리액션을 꿈꾼다. 타인에게 보내는 아주 사소한 미소만으로도, '고맙습니다'라는 말을 더 많이, 더 열정적으로 하는 것만으로도, 세상은 좀 더 살 만해지지 않을까. 쉬지 않고 이어지는 고수들의 탁구 경기처럼, 핑퐁핑퐁, 액션이 곧 리액션이 되는 멋진 대화를 하고 싶다. 이토록 육중하게 닫힌 문들이 가득한 세상에서는, 리액션이야말로 최고의 액션이다.

나는 너를 사랑한다,
그러니 너는 내 것이다,
라는 말

　입버릇처럼 흔히 쓰는 문장에 뜻밖에 결정적인 진실이 담겨 있을 때가 있다. 감당하기 힘든 온갖 임무를 자식에게 부과한 후, '이게 다 널 위한 거야'라고 읊조리는 부모들의 어법이 그렇다. '다 너 잘되라고 그런 거다', '이게 뭐 나 좋자고 하는 짓이냐' 같은 말들은 부모의 과도한 기대를 사랑의 이름으로 정당화한다. 자식의 탁월함이 곧 부모의 업적이자 자존감의 원천이 되어버린다. 부모가 자신을 위해 애쓰는 모습을 바라보며 자식도 부채감을 내면화한다. 나 때문에 애쓰시는 부모님을 위해 뭔가 해야겠다는 부담감. '성적 오르면 이것도 해주고 저것도 해줄게'라는 식의 어법도 사랑을 매사에 조건부로 만든다. 조건부 상벌의 습관을 내면화하면, 자식의 마음에도 의심이 싹트기 시작한다. 사랑이란 조건과 조건 사이의 은밀한 교환인가? 내 성적표가 엄마 아빠의 자부심과 비례하는가? 정말 이 모든 게 사랑 때문이란 말인가?

이렇게 타인의 요구를 자신의 욕망보다 중시하게 되는 것, 그리하여 자신의 정체성을 타인의 요구에 끼워 맞추는 심리를 공의존Codependency이라 부른다. 공의존은 일종의 중독이다. 알코올 중독이나 니코틴 중독과 달리, 공의존은 물질이 아니라 관계에 중독되는 것이다. 내가 공부를 잘해야 부모님이 날 사랑해주실 거야. 내가 돈을 잘 벌어야 가족들이 날 인정해줄 거야. 내가 없으면 그는 하루도 견디지 못할 거야. 이런 식의 관계와 보상에 대한 심각한 중독은 일종의 정체성처럼 신체에 각인된다. 급기야 그 중독이 없어지면 진정한 내가 아닌 것처럼 느껴지는 것이다. 관계에 중독되는 것은 타인의 요구에 맞장구를 치다가 정작 자기 마음의 생김새를 잃어버리는 것이다.

공의존의 메커니즘은 간단하다. 나는 너를 사랑한다. 그러니 너는 내 것이다. 그러므로 너의 업적도, 너의 영광도, 너의 인생도 내 것이다. 난 뭘 줄 수 있냐고? 사랑을 주잖니! 이 끔찍한 공의존은 모든 관계에서 일어날 수 있다. 특히 부모와 자식 간의 심각한 공의존은 자식의 영혼을 황폐하게 만든다. 아버지의 기대에 미치지 못하는 자신을 끊임없이 자책했던 카프카Franz Kafka. 그는 작가가 되고 싶었지만 원치 않는 법학도의 길과 보험회사 직원의 길 위에서 좌절한다. 늘 '대단한 너'를 보여달라고 요구하는 아버지와의 싸움이 자기 존재를 삼켜버릴까 두려웠다. 카프카의 〈변신〉에서 벌레가 된 아들이 아버지가 던진 사과에 맞아 죽는 것은 결코 우연이나 과장이 아니다. 아버지의 지나친 기대, 자신이 이루지 못한 것을 아들의 대에서 이루려는 욕심이야말로 어떤 독약보다 치명적인 무기가 되어 아들의 심장을 찌른 것이다.

카프카가 원하는 것은 아주 소박한 자유였다. 사사건건 반대부터 하는 아버지의 간섭으로부터 벗어나는 것. 자유롭게 글을 쓰는 것. 2년 정도 그 어떤 잡일도 하지 않고 열심히 글을 쓴다면, 그는 그것으로 자신의 생계를 책임질 수 있다고 생각했던 것이다. 하지만 아버지는 카프카의 간절한 독립의 염원을 들어주지 않았다. 그것은 사실 아버지가 진정 강인했기 때문이 아니라 자신의 나약함을 인정하지 못했기 때문이다. 아버지가 충분히 강했다면, 아들의 턱에 수염이 나는 순간 카프카를 놓아줄 수 있지 않았을까. 카프카는 아버지에게 차마 직접할 수 없는 말을 글로써 풀어낸다. "제가 하는 거의 모든 일들은 아버지의 인정을 받을 수 없었습니다. 아버지 앞에서 전 늘 더듬거리게 되고, 결국 입을 다물게 됩니다", "아버지께서는 소파에 앉아서 세계를 지배하십니다." 카프카는 〈아버지께 드리는 편지〉에서 아버지에게 결코 통째로 내줄 수 없는 자기 인생의 존재증명을 해냈다.

부모의 보상심리와 자식의 영웅심리가 딱 맞아떨어질 때, 공의존의 사슬은 비로소 완성된다. 가슴이 찢어지지만, 서로를 놓아주어야 한다. 부모가 '난 너만 보고 산다'는 부담스러운 사인Sign을 보내지 않을 때, 네가 네 인생 살 듯 나도 내 인생 살겠다고 결심할 때, 비로소 자식들은 공의존의 사슬을 끊고 진짜 어른이 된다. 공의존은 물론 사랑의 한 형태다. 하지만 분명 억압의 형태이며, 중독의 형태이기도 하다. '이게 다 널 위해서다'라는 공의존의 덫은 결국 '이게 다 부모님 탓이야!'라는 심각한 원한의 부메랑으로 되돌아온다. '난 널 사랑해. 그러니까 내 말 들어'에서 '난 널 사랑해. 그러니까 네 맘대로 해'로 마음을 바꾸는 순간, 더 성숙한 관계가 시작된다. '난 널 사랑해'의 방점은 '나'가 아니라 '너'니까. 마침내 중요한 것은 나도 아니고 너도 아닌 '사랑해' 자체니까. 두려워하지 말고, 기쁘게 놓아주자. 눈치 보지 말고, 내 인생을 실컷 살자. 마침내 더 큰 사랑이 시작될 것이다.

존재감과
존재 사이

가끔 사람의 마음을 불편하게 만드는 신조어가 있다. 예를 들어 '미친 존재감'이 그렇다. 드라마 〈선덕여왕〉의 미실처럼, 미친 존재감이란 다른 모든 사람들을 엑스트라로 만드는 경이로운 능력(?)을 지닌 사람에게 부여하는 칭호처럼 보인다. 재미있는 신조어긴 하지만 '미친 존재감'은 그 반의어로서 '존재감 제로'라는 충격적인 신조어도 함께 낳았다. 그렇다면 사람들 눈에 띄는 것을 좋아하지 않는 사람은 모두 존재감 제로인 것일까. '존재감'과 '존재' 사이에는 어떤 차이가 있는 걸까. 어떤 사람은 존재감은 크지 않지만 오직 그 존재 자체만으로도 많은 사람들에게 감동을 주지 않는가. 반대로 존재감은 무척 크지만 그의 존재감이 클수록 타인을 불편하게 하는 사람도 있다. 존재와 존재감 사이에는 필연적 연관성이 전혀 없는 셈이다. 현대인은 존재감을 늘리는 기술에 집착하면서 존재 자체를 돌보는 지혜를 망각해가는 것은 아닐까.

《문명화 과정》을 쓴 사회학자 노르베르트 엘리아스Norbert Elias라면 '존재감'에 대해 이렇게 설명하지 않았을까. 현대인이 존재보다 존재감에 집착하는 까닭은 '매너의 민주화'에 따른 심각한 부작용이라고. 유럽의 궁정사회에서 자신을 더욱 돋보이게 하기 위해, 타인의 계급과 자신의 계급을 분리하기 위해 정교화된 것이 바로 매너와 에티켓이었다. 중세 궁정기사들이 자신들을 차별화하는 특징으로 삼았던 규율과 금기가 '쿠르투아지Courtoisie(궁정예절)'였다. 17세기가 되면 '시빌리테Civilité(예절)'라는 신개념이 급부상한다. 쿠르투아지가 특정 계층의 행동양식이었다면 시빌리테는 인간의 보편적 규칙으로 확장된다. 궁정예절이 시민사회의 예절로 민주화됨으로써, 상류층은 자신들의 세련된 에티켓을 타자의 '상스러움'과 구별짓기 시작한다. 나체, 트림, 침뱉기, 코풀기, 대소변, 방귀, 성관계 등에 대한 금기는 매너와 에티켓이 보편화된 이후의 자기통제술이다. 중세의 궁정부인들은 남자하인이 옆에서 대기하는 상태에서 아무렇지도 않게 나체로 목욕을 했다고 한다. 예절Civilité이라는 말 자체가 문명Civilisation과 어원이 같을 뿐 아니라, 예절의 정교화야말로 '문명화 과정'의 핵심이라는 것이다.

과장된 예절은 부끄러운 감정의 가면, 혹은 숨기고 싶은 심리의 액세서리처럼 여겨진다. 쇼펜하우어Arthur Schopenhauer는 "예절이란, 도덕적으로 또 지적으로 빈약한 서로의 성질을 서로 모르는 척하면서 비난하지 말자고 약속하는 암묵적 협정"이라고 비난하기도 했다. '당신은 모르고 나만 아는 에티켓'을 뽐내는 이들은 바로 타인의 존재감과 자신의 존재감을 구별짓기 위한 욕망을 숨기지 못한다. 그러나 서로를 기분 좋게 해주는 예절도 있다. '당신도 알고 나도 아는 에티켓'을 당신과 내가 함께 지킨다면, 서로의 하루를 유쾌하게 만들 수 있다. 예를 들면 출입문을 지날 때 뒷사람을 위해 문을 살짝 잡아준다든지, 임산부나 노약자를 위해 말없이 자리를 양보해주는 것처럼 말이다. 그런 의미에서 예절이나 친절을 억지로 강요하는 것만큼이나 촌스러운 매너도 없을 것이다.

　이 무한경쟁의 사회에서 더더욱 상처받기 쉬운 서로의 자존을 지켜주기 위해, 새로운 현대인의 에티켓을 창조해야 하는 것은 아닐까. 가족 간에도 에티켓이 필요하다. 단지 노크 없이 문 여는 행동만이 에티켓에 위배되는 것이 아니라 가족이라는 이유만으로, 부모라는 이유만으로 복종을 요구하는 것 또한 자식에 대한 예의가 아니지 않을까. 선배라는 이유로, 연장자란 이유로 후배에게 부당한 심부름을 시키거나 심리적 압박감을 가하는 것 또한 인간에 대한 예의가 아니다. 타인의 상처를 함께 아파할 수 없다면 어떤 위로의 제스처도 섣불리 취하지 않는 것이 차라리 낫다. 때로는 타인의 고통을 모른 척해주는 것도 최소한의 예의가 된다. 너무 많은 인터넷 댓글이 세상을 산으로 가게 만드는 현대사회에서는 사이버 에티켓이 더욱 중요해진다. 노르베르트 엘리아스가 21세기에 태어난다면 모바일 에티켓을 연구했을지도 모를 일이다.

　진정한 예의는 단지 불쾌한 행동을 삼가는 자기통제술이 아니라,

타인과의 거리감을 존중하는 기술이다. 현대사회에서는 자신의 자유가 침해당했을 때에야 비로소 타인의 자유의 필요성을 깨닫는 일이 많다. 이토록 누구나 모욕당하기도 쉽고 상처받기도 쉬운 현대사회에서는 타인에게 불필요한 상처를 주지 않는 것이 최고의 에티켓이 아닐까. 에티켓은 타인에게만 적용하는 것이 아니다. '존재감'이라는 폭력적인 잣대로 타인의 존재를 계산하는 이 사회에서 자신을 무시하거나 방치하지 않는 것. 어떤 불리한 상황에서도 자신을 존중하고 아끼는 것이야말로 나에게 적용해야 하는 최고의 에티켓이다. '대단한 사람들'이 구사하는 정교한 매너와 복잡한 에티켓의 가면에 기죽지 않고, '존재감'과 '존재'를 살뜰하게 구별할 줄 아는 지혜가 현대인에게 필요한 새로운 에티켓이 아닐까.

입에서 입으로
전해지는 이야기

    얼마 전 할리우드 스타들의 조상 찾기 프로그램을 보고 번뜩 정신이 들었다. 미국 유명 여배우가 얼굴도 모르는 외할아버지의 흔적을 찾아 영국 곳곳을 샅샅이 뒤지는 내용이었다. 아내와 세 딸을 버리고 스스로 실종된 외할아버지의 행적은 실망과 충격의 연속이었지만, 그 여배우는 〈당신은 자신이 누구라고 생각합니까Who Do You Think You Are?〉라는 프로그램 제목처럼 잃어버린 자신을 되찾은 듯 뿌듯한 모습이었다. 어떻게 외할아버지 얼굴도 모른 채 평생 살았을까 싶지만, 사실 현대인은 윗세대의 삶을 거의 모른 채 살아가기 쉽지 않은가.

    우리 이전의 전사前史는 너무 쉽게 망각된다. 제사나 족보의 형태로 희미하게 남아 있는 윗세대의 삶은 따뜻한 '이야기'의 그릇에 담길 때

비로소 친밀감을 줄 수 있지만, 현대사회는 좀처럼 윗세대의 육성을 오래오래 들을 시간을 주지 않는다. 되찾은 가족사가 마음에 들지 않을 수도 있다. 마음에 쏙 드는 멋들어진 가족사를 골라잡을 수도 없다. 그러나 나를 낳은 사람들의 이야기, 이 세상에서 나와 가장 닮은 이들의 기억에 다가간다면, '나'라는 존재를 겹겹이 둘러싸고 있는 경험의 속살을, 이야기의 보물창고를 발견해낼 수 있지 않을까.

발터 벤야민은 미디어가 발달하면서 '정보'는 넘쳐나게 되었지만, 입에서 입으로 전해지는 '이야기다운 이야기'는 점점 사라져가고 있다고 지적했다. 정말 우리는 사돈의 팔촌보다 더 머나먼 연예인들의 정보는 샅샅이 꿰고 있으면서 정작 주변사람들의 입에서 입으로 전해지는 경험을 듣는 능력은 현저히 떨어진 것 같다. '하룻밤에 세계사 마스터하기', '일주일 만에 영어문법 끝장내기' 같은 효율적인 정보의 소통에는 익숙하지만, 심장을 고동치게 하는 타인의 육성에 담긴 이야기를 들을 수 있는 기회는 점점 줄어든다. 경험을 주고받을 수 있는 능력의 박탈, 타인의 삶이 담긴 이야기를 통해 누군가에게 진심으로 조언을 해줄 수 있는 능력의 박탈. '정보의 홍수'라는 대어를 낚기 위해 현대인이 지불한 대가는 바로 이런 사람의 체온이 담긴 '이야기의 박탈'이 아니었을까.

생텍쥐페리Antoine de Saint-Exupéry의 《인간의 대지》는 그런 의미에서 '정보'가 아닌 '이야기'의 힘을 아름답게 증명하는 작품이다. 《인간의 대지》를 문학 참고서식으로 요약하면 '사막에 추락했다가 구사일생으로 구조된 어느 파일럿의 회고록'쯤 될 것이다. 그러나 이런 객관적 정보는 작품 이해에 도움이 되지 않는다. 생텍쥐페리는 공포의 대상이자 영감의 원천이기도 했던 사막을 이렇게 묘사한다. "사막이 일견 공허와 침묵일 뿐이라고 느껴지는 것은 하루살이 애인에게는 자신을 내맡기지 않기 때문"이라고. 진정한 아름다움은 어떤 비행기도 우리를 데려다줄 수 없는 저 먼 곳에서 모습을 드러낸다고. 한 마을에 대해 알고자 한다면, 우리 마음을 모두 거기에 두고, 그들의 갈등, 그들의 아픔, 그들의 웃음 속에 완전히 동화되어야 한다고.

그는 이렇듯 '경험의 소통 불가능성'을 통해 '경험의 소통 가능성'을 역설한다. 그는 하룻밤에 뭔가를 마스터하겠다고 혈안이 된 현대인에게 조언하는 것이다. 경험은 그렇게 쉽게 소통될 수 있는 것이 아니다. 감각의 속성재배는 원천적으로 불가능하다. 모든 걸 돈으로 살 수 있어도 경험은 돈으로 살 수 없다. 생텍쥐페리는 수없이 사막에 불시착하면서 사막 사람들과 부딪히고, 갈등하고, 감탄하면서 사막의 한숨을 듣고 사막의 속살에 자신을 맡긴다. 우리는 타인의 경험을 구매할 수 없다. 그러나 그의 경험을 '이야기'의 형태로 들을 수는 있다.

《인간의 대지》에는 아직 디지털화되지 않았던 세계, 기계와 인간이 좀 더 많은 이야기를 나눌 수 있던 시대, 문명인이 원주민의 땅을 완전히 제압할 수 없던 시대의 수많은 이야기로 그득하다. 불시착할 때마다 아직 문명의 때가 묻지 않은 야생의 공간을 체험하면서 생텍쥐페리는 문명인이면서 문명인이 아닌, 소중한 유체이탈의 체험을 한다. 《인간의 대지》는 오직 비행을 필생의 소명으로 삼은 사람만이 느낄 수 있는 경험을 소중한 이야기의 그릇에 담았다. 그토록 힘들게 한 땀 한 땀 자아낸 경험을 이토록 쉽게 책 한 권으로 섭취해도 될까 하는 죄책감이 들 정도다.

방대한 인터넷의 세계도 좋고 전자책의 유토피아도 좋지만, 윗세대들이 아랫세대에 줄 수 있는 가장 오래가는 유산은 그들이 온몸으로 살아온 멋진 이야기가 아닐까. 아이들은 어른들에게 '게임기 사달라'가 아니라 '이야기 좀 해주세요'라고 조르고, 어른들은 아이들에게 들려줄 멋진 이야기를 만들기 위해 좀 더 용감하게, 좀 더 치열하게 인생을 가꾸고 추억을 다듬는 세상이 되었으면. 그것을 위해 우리는 생텍쥐페리처럼 저마다의 하나뿐인 '비행 체험'을 가져보는 것은 어떨까. 생텍쥐페리의 비행은 대지로부터 도망치기 위한 비행非行이 아니라 대지의 참모습을 발견하기 위한 비행飛行이었다.

만인을 위한 책임,
만인을 향한 존엄

　얼마 전 신문에서 '죄책감을 잘 느끼는 사람이 좋은 친구가 될 가능성이 높다'는 기사를 발견했다. 카네기멜론대학 연구팀은 각종 실험을 통해 죄책감을 잘 느끼는 사람일수록 책임감이 높고, 남을 잘 배려하며, 타인의 아픔에 공감하는 능력이 뛰어나다고 밝혔다 한다. 그들은 '죄책감 척도'를 개발하여 '비윤리적인 행동을 하는 사람'을 가릴 수 있는 기준을 개발할 수 있다고 주장한다. 왠지 오싹한 느낌을 주는 이 '과학적인' 실험 결과는 사실 매우 '철학적인' 문제제기를 하고 있다. 죄책감이란 무심코 저지른 나의 행동이 혹시나 타인의 고통으로 이어지지 않을까 하는 두려움이다. 죄책감은 감성의 문제일 뿐 아니라 지성의 문제이기도 하다. '나의 행동이나 결정이 타인에게 어떤 영향을 미칠 것인가'에 대한 냉철한 분석을 할 수 있는 사람들이 죄책감도 잘 느낄 수 있다. 그런 의미에서 죄책감은 일종의 '능력'인 셈이다.

그러나 '죄책감'을 인간 분석의 척도로 삼는다면 이는 매우 잔인한 이성의 횡포가 될 수도 있다. 중요한 것은 죄책감의 뿌리에는 '타자에 대한 배려'가 숨 쉬고 있다는 것이다. 데리다라면 이 문제를 죄책감의 관점이 아닌 '책임'과 '윤리'의 문제로 접근했을 것 같다. 어머니가 유대인이라는 이유로 어린 시절부터 심각한 왕따에 시달린 데리다는 인종과 종교를 둘러싸고 일어나는 각종 '증오범죄'에 숨은 심각한 윤리적 딜레마를 직시했다. 그 딜레마는 바로 타인의 '다름'을 있는 그대로 받아들이지 못하는 인간의 편협함이다. 데리다에게 있어 타자성이란, '총체성의 그물망에서 빠져나오는 잉여 혹은 과잉'이다. 이때 책임이란 곧 이러한 타자성에 반응하는 능력이다. 나와 다른 존재, 심지어 나에게 해를 끼치는 존재일지라도, 그의 존엄을 기꺼이 인정하는 마음. 그것이 바로 책임이다. 증오범죄는 이를테면 '알카에다에 대한 혐오'의 외피를 두르고 있지만, 실은 '나와 다른 존재에 대한 병적인 알레르기 반응'의 결과일 경우가 많다. 9·11 테러 이후 미국은 '테러와의 전쟁'을 본격화했지만, 미국은 이제 '테러 없는 안전한 사회'가 아니라 '테러가 일어날까 봐 모든 사람을 병적으로 의심하는 사회'가 되고 말았다. 이것은 바로 타자에 대한 두려움을 주입시키느라 타자에 대한 책임을 방기해버린 사회의 어두운 자화상인 것이다.

타자에 대한 두려움의 문화는 심각한 증오범죄로만 나타나는 것이 아니다. 실제로 열두 살의 데리다를 괴롭힌 것은 대단한 어른들이 아니라 평범한 동네 아이들이었다. 아이들은 어린 데리다에게 "더러운 유대인, 더러운 유대인Dirty Jews, Dirty Jews"이라 외치며 돌을 던졌다. 증오의 문제는 단지 제도나 정치의 문제를 넘어 일상의 문제였던 것이다. 아이들에게 '더러운 유대인'이라는 관념을 심어준 것은 바로 부모들이었다. 증오는 이렇듯 어린 시절부터 학습되는 일상적 습관이었고, 습관화된 증오는 가슴 깊이 박혀 어떤 논리적 성찰도 허용하지 않게 된다. 그는 이후 유대인 학교로 옮겼지만 그곳에서도 적응을 하지 못했다. 평생 자신을 두 팔 모아 반겨주지 않는 곳에서 이방인으로 전전하며 살아온 데리다에게 증오의 문제는 결코 남 일이 아니었다. 어린 데리다에게 돌을 던진 아이들의 '무심하고도 순진한 폭력'과 9·11 테러 이후 미국사회가 겪고 있는 극도의 '외국인 혐오증'은 결국 같은 뿌리의 폭력이었던 것이다.

그렇다면 이러한 '폭력을 중단시키는 힘'은 어디에서 찾을 수 있을까. 그것이 바로 타자에 대한 책임Responsibility이다. 그냥 대충 뭉뚱그려 '이 사회가 책임이 있다'는 식으로 약자에 대한 죄책감을 희석하는 것이 아니라, 모든 책임은 오직 '1인칭의 책임', 즉 '나의 책임'일 때만 의미가 있다는 것을 인정하는 것이다. 데리다가 말하는 '1인칭의 책임'이란 거의 니체의 '초인'을 연상시킬 정도로 강인하고 신성한 아우라를 뿜어낸다. 타자에 대한 1인칭의 책임을 실천하기 위해서는 때로는 내가 가진 모든 것을 포기해야 하고, 때로는 제도 속에서 불가능한 것을 가능하게 만드는 용기까지도 필요하다. 그러나 책임은 누구에게도 위임할 수 없는 신성한 권리이기도 하다. 우리가 살아가는 세상을 좀 더 살 만하게 만드는 힘, 우리 아이들이 자랄 세상을 좀 더 따뜻하게 만드는 힘이 바로 이 '타인을 향한 책임'이다. 이것이 우리가

아이들에게 "이 세상이 얼마나 험한지 아니?"라고 겁주기에 앞서, "우리는 이 세상을 좀 더 아름답게 만들 권리가 있다"라고 가르쳐야 하는 이유다. 수상한 사람을 신고하라고 가르치기에 앞서, 아파하는 타인의 신음 소리에 귀 기울이는 법부터 가르쳐야 하는 이유다. 우리는 만인의 만인을 향한 투쟁을 가르치기에 앞서, 만인의 만인을 향한 책임을, 만인의 만인을 향한 존엄을 가르쳐야 하는 것이 아닐까.

엄마가 된다는 건
아주 이상한 일이어서

    슈퍼맘, 헬리콥터맘, 신모계사회. 이런 신조어가 유행하면서 '초인적 모성'에 대한 현대인의 기대치는 오히려 높아졌다. 《엄마를 부탁해》, 《마당을 나온 암탉》 같은 '위대한 어머니'를 향한 집단적 향수는 점점 더 강화된다. '사회가 날 보호해줄 것이다'라는 환상이 깨지면서, '이제 날 보호할 사람은 엄마뿐'이라는 집단적 공포가 확산되는 듯하다. 어떤 위험도 자식 대신 감수하는 엄마들의 이야기는 눈물샘을 자극하지만, 피할 수 없는 죄책감도 불러일으킨다. 왜 우리는 이 세상에게서 받지 못한 것을 엄마에게서 기어이 받아내려 할까. 슈퍼맘이 될 수 없는 엄마는 과연 무능한 엄마일까. 신모계사회는 가족모델의 진보가 아니라, 기존의 가부장사회에서 부성의 권력을 모성으로 바꿔치기하는 눈속임에 불과한 것이 아닐까. 어릴 때는 알파걸, 자라서는 슈퍼맘이 되어야 하는 현대 여성의 스트레스는 과거의 부계사회보다 더욱 심화된 것이 아닐까.

신화적 모성의 원조, 풍요의 여신 데메테르는 죽음의 신 하데스가 딸 페르세포네를 납치한지도 모른 채, 잃어버린 딸을 찾아 미친 사람처럼 온 세상을 헤맸다. 마침내 여신 헤카테의 도움을 받아 딸의 거처를 알게 된 데메테르는 하데스와 담판을 짓고 딸과 함께할 수 있는 시간을 협상한다. 페르세포네를 아내로 삼으려는 하데스 대 평생 자신의 딸을 곁에 두고 싶은 엄마 데메테르. 엄마와 남편의 줄다리기 속에서 페르세포네는 무슨 생각을 했을까. 그녀가 하계下界에서 깨문 석류, 그것은 차라리 죽음의 신을 선택해서라도 엄마로부터 탈출하고픈 그녀의 내면을 암시하는지도 모른다. 하계의 음식을 먹으면 하데스를 떠날 수 없다는 불문율이 있었던 것이다. 데메테르와 하데스는 페르세포네를 독점하지 못하고 부분적으로 점유함으로써 문제를 해결했다. 페르세포네는 한동안 자신을 납치한 남자와 자신을 키워준 엄마 사이에서 좀처럼 '그냥, 나'가 되지 못한다.

엄마가 된다는 것은, '나를 닮았지만 내가 아닌 존재'의 이해할 수 없는 돌발행동을 속수무책으로 바라보는 일이기도 하다. 작가 레베카 웨스트Rebecca West는 모성의 공포를 이렇게 표현했다. "엄마가 된다는 건 아주 이상한 일이어서, 마치 자기 자신의 트로이 목마가 되는 것과도 같다." 나의 육체와 영혼을 배반하는 최고의 원수를 내 몸속에서 직접 잉태하는 듯한 끔찍한 고통. 내 몸속에 '나 아닌 나'의 바이러스가 자라나 '본래의 나'라는 숙주를 잡아먹는 듯한 공포. 우리 사회는

'신화적 모성'을 예찬하느라 '모성의 신화화'를 비판하는 목소리를 은 근히 은폐한다. 산후우울증뿐 아니라 아이를 키운다는 일 자체가 아프 고 외롭고 서러운 일투성이라는 것을, '위대한 모성'의 신화는 조직적 으로 숨겨왔던 걸까. 모성의 결핍보다 무서운 것은 '바람직한 모성'이 라 불리는 모범답안 자체가 지닌 공포, 폭력, 권위가 아닐까.

사랑이라는 이름으로 정당화되는 모성의 집착보다, 엄마와 자식이 서로의 타자성을 인정하는 새로운 모성의 '예의'가 필요한 시대가 아 닐까. 모든 사랑은 편애다. 사랑에 빠지는 순간, 사랑하는 대상과 사 랑하지 않는 대상을 나누기 때문이다. 하지만 예의는 다르다. 예의는 모르는 이에게도, 싫어하는 이에게도, 심지어 철천지원수에게도 지켜 야 할 무엇이다. '난 널 알아, 그러니 널 지배하겠다'라는 배타적 모성 이 아니라, '난 널 몰라, 하지만 너의 너다움을 인정한다'는 보편적 예 의가 가족 안에서도 필요하지 않을까. '내 자식'을 향한 배타적 애착 보다 '우리가 아무렇지도 않게 무시하는 타인에게도 엄마가 있다'는 사실을 상기하는, 인간을 향한 최소한의 예의가 그립다. 엄마는 자식 을 향한 만능리모컨을 잠시 내려놓고, 자식은 '엄마표 원조'의 달콤한 유혹에 저항하는 배짱을 지녀야 하지 않을까. 모성의 결핍만이 비상 사태가 아니라, 엄마의 희생을 당연시하는 분위기가 더 심각한 응급 상황이 아닐지.

어머니야말로 그 존재의 의미부여 때문에 오히려 존재 그 자체를 이해받지 못하는 존재인 것 같다. 엄마의 의미, 역할, 의무에 초점을 맞추는 이들보다, 엄마의 취향, 욕망, 이상을 이야기하는 이들이 많아 졌으면. 우리에게 필요한 건 전지전능한 슈퍼맘이 아니라 엄마 없이도 너끈히 살 수 있는 독립의 기술, 때로는 생면부지의 타인에게 엄마가 될 수 있는 배려의 기술이 아닐까. 친엄마의 배타적 모성보다, 생물학적 엄마가 아닌 남녀노소도 얼마든지 발휘할 수 있는, 타인을 향한 조건 없는 모성이 그립다. 이토록 가족 중심적인 사회에서는 '가족 같은 친구'보다 '친구 같은 가족'이 되는 것이 훨씬 어렵다. 엄마도 때로는 이해되지 않는 존재, 이해를 거부하는 존재, 당신들의 바로 그 구태의연한 짐작을 뛰어넘는 존재가 되고 싶다. 아들딸들이 가끔은 '바로 집안에서' 가출하고 싶듯이, 엄마들도 때로는 '바로 가족들에게' 팜파탈이고 싶다.

산타클로스는
기브 앤 테이크를
모릅니다

타인을 '밑바닥 인생'에서 구해내겠다는 생각은 아름답지만 위험하다. 구원의 의지는 순수한 선의에서 우러나오기도 하지만, 자신의 능력을 보여주기 위한 '욕망'에서 시작되기도 한다. 그것이 자선이나 교육의 형태로 나타날 때는 더욱 은밀한 폭력성을 띠기 쉽다. 누군가를 밑바닥 인생에서 구한다면, 그다음에는 어찌할 것인가. 누군가를 구했다 한들, 구조자와 피구조자 사이에 어쩔 수 없이 생기는 권력관계는 어떻게 감당할 것인가. 인간이 할 수 있는 가장 아름다운 일, 구원에는 뜻하지 않은 폭력성이 깃들어 있다. 인간은 타인을 구원할 수도 있지만, 그 구원이 빚어낸 창조물은 구조자의 소유물이 아니다. 게다가 구조자와 피구조자 사이에 싹트는 감정이 사랑에 가깝다면 문제는 더욱 심각해진다. '너를 구원하겠다'는 의지는 '네가 날 사랑하지 않는다면 용서하지 않겠다'는 독단으로 바뀌기 쉽기에.

수많은 사람들은 타인을 구원하며 살아간다. 그러나 타인을 구원한 후에도 그 사람과 '친구'가 되는 사람은 매우 드물다. '내가 너에게 무엇을 주었다'는 자부심에서 자유롭기는 어렵다. '내가 너에게 무엇을 받았다'는 부채감에서 자유롭기는 더 어렵다. 구원이 필요한 곳은 도처에 흘러넘친다. 하지만 그 구원은 구조자의 것도 피구조자의 것도 아니다. 버나드 쇼George Bernard Shaw는 일찍이 이 '구원의 폭력성'을 예리하게 간파했다. 영화 〈마이 페어 레이디〉로도 잘 알려진 희곡 《피그말리온》에서 언어학자 히긴스는 거리의 꽃 파는 처녀 일라이자에게 '귀족형 영어와 고상한 에티켓'을 주입시킴으로써 그녀를 일약 사교계의 여왕으로 등극시킨다. 일라이자의 꿈은 '올바른 영어'를 씀으로써 어엿한 꽃집 점원으로 취직하는 것이었다. 그러나 막상 그녀가 사교계의 여왕으로 떠오르자, 그녀는 꽃집 점원도, 귀부인도, 숙녀도 될 수 없는 자신을 발견한다. 두 사람 사이에는 '구원자-피구원자 사이의 부채관계'와 '사랑과 우정 사이'라는 미묘한 감정의 전류가 흐르지만, 히긴스는 끝까지 구원자의 특권을 사수함으로써 자신에게 최초로 찾아온 진정한 사랑의 힘을 깨닫지 못한다.

우리는 끊임없이 타인에게 무언가를 주고 싶어 한다. 무언가를 조건 없이 주는 것만큼 기쁜 일도 흔치 않을 것이다. 우리는 무언가를 '받는 일의 불편함'은 잘 알고 있다. 동정이나 연민에 대한 사람들의 알레르기 반응은 '기쁘게 받는다는 것'이 얼마나 어려운 일인지를 증명한다. 그러나 우리는 '주는 사람의 불편함'에 대해서는 깊이 생각

"타인은 본능적으로 경계해야 할 대상이 아니라
아직 사귀지 못한 미지의 친구다."

"좀 더 용감하게, 좀 더 치열하게
인생을 가꾸고 추억을 다듬는 세상이 되었으면."

하지 않는다. 무언가를 주는 것, 줄 수 있다는 사실은 마냥 기쁜 일 아닌가. 하지만 자신에게 소중한 무언가를 타인에게 주는 사람들은 '주는 마음' 또한 왠지 편치 않다는 것을 깨닫게 된다. 종교학자 나카자와 신이치中澤新一의 《사랑과 경제의 로고스》는 이 '주는 사람의 불편함'이 지닌 신화적 본질을 성찰한다. 내가 타인에게 준 것의 정체는 무엇인가. 왜 주었는데도 마음이 불편한가. 내가 누군가에게 값비싼 선물을, 엄청난 지식을, 대단한 기회를 주었는데도, 왜 내 마음은 편안해지지 않는가. 우리는 타인에게 무언가를 '줌'으로써 너무 커다란 기쁨을 얻기 때문에 그 기쁨에 대한 부채의식을 갖는 것이 아닐까. 혹시 우리는 천국에 가기 위해, 신에게 혼쭐나지 않기 위해, 누군가에게 베풀고 있지는 않은가. 현대인은 누군가에게 선물을 살 때 마음속으로 '이건 내 돈으로 산 거야'라고 생각한다. 내가 번 돈으로 내가 샀으니 이 선물의 원래 주인은 나 자신이라고 생각할 수도 있다. 하지만 내가 포장하고 내가 카드를 쓴 이 선물은 단순한 상품이 아니라 세상에 하나뿐인 바로 그 사람을 향한 내 마음의 표현이다. 그러므로 선물은 단순한 물건이 아니라 누군가에게 내 마음을 표현하고 싶어지는 순간에 일어나는 마음속의 짜릿한 스파크 즉 사건이다. 선물 자체가 그와 나 사이의 이야기를 말하는 신비로운 주체가 되는 것이다. 우리가 누군가에게 무언가를 줄 수 있다면, 그 선물의 소유자는 우리 자신이 아니라 '사랑과 경제의 로고스'라는 거대한 신화적 힘이라는 것이다.

우리가 누군가에게 기적 같은 사랑을 베풀 수 있다면, 그건 '인간의 힘'이 아니라 '합리적으로 설명할 수 없는 어떤 신성한 힘'이 아닐까. 남을 돕는 일을 자신의 경력으로 활용하는 사람들은 극단의 에고이즘에서 우러나온 허울 좋은 이타심을 '자선'이라 표현한다. 우리는 끊임 없이 도움을 주고받는다. 선물을 받은 사람에게만 보답하고, 줄 가치 가 있는 사람에게만 준다면, 세상 모든 사람들이 그런 식으로만 도움 을 주고받는다면, 이 세상에는 어떤 뜻밖의 기쁨도, 증여의 보람도 없 을 것이다. '기브 앤 테이크'식의 교환이 아닌, 주고받는 일 자체의 기 쁨을 소통하는 일. 엉뚱한 이에게 주고, 예상치 못한 이에게 받기를 통 해 인간은 '주고받음'의 주체가 결코 인간의 합리적 이성이 아니라는 점을 깨닫는다.

사람들은 '아는 사람들끼리만 선물을 주고받는다'는 고정관념을 깨기 위해 해마다 산타클로스를 기념하는 것이 아닐까. 인간은 구원 이나 선물을 자신의 소유물로 등록하고 싶은 욕심을 치유하기 위해 신에 대한 감사의 마음을 발명해낸 것인지도 모른다. 나와 너 사이에 신의 사랑이 개입하는 순간, 우리는 주었다는 자만심과 받았다는 부 채감으로부터 동시에 자유로워질 수 있으니.

셋

아직도 오늘은
조금 남아 있으니까

내 존재의 증명을
강요당할 때

   내가 원하지 않는 순간, '나는 누구인가'를 반드시 밝혀야 하는 순간이 있다. 신분이나 국적, 거주지와 소지품까지 낱낱이 밝혀야만 목적지로 갈 수 있는 경우가 그렇다. 출국을 위해 공항검색대를 지날 때, 사람들은 난데없는 몸수색에 당황하게 마련이다. 최근 미국의 한 공항검색대를 지나다가 나는 예상을 뛰어넘는 심각한 몸수색에 치를 떨었다. 공항검색대 직원들은 마치 현행범을 눈앞에 둔 경찰처럼 행동했다. 두 손을 만세 자세로 든 채 꼼짝 말고 서 있으라는 어이없는 주문을 받으며, 이 많은 사람들이 이런 인권침해를 당해야만 이 땅을 밟을 수 있다는 사실에 경악했다. 어이가 없어서 만세 자세를 좀 소심하게 보여줬더니, 직원이 '당신, 두 손 똑바로 들라!'고 고함을 버럭 지

르는 것이었다. 그것도 모자라 혹시나 옷 속에 무엇을 숨겼는지 찾기
위해 내 몸을 더듬는 타인의 손길이 그토록 공격적일 수가 없었다. 이
런 순간 우리는 왜 '나는 테러리스트가 아니다'라는 방식으로 우리의
정체성을 밝혀야만 하는가. 내가 누구인지 관심도 없는 타인들 앞에
서 왜 내 몸을 샅샅이 검색당해야 하는가.

　공항검색대뿐만 아니라 '나는 어떤 사람인가'를 증명해야 하는 모
든 순간, 우리는 당혹스러움을 느낀다. 이력서나 자기소개서에서는
물론이고 사소한 인터넷 사이트에 가입하는 순간조차도 지나친 신상
정보를 요구하는 세상에서 우리는 점점 스팸 정보의 희생자가 되어간
다. 이 모든 신분증명 요구의 공통점은 문제의 답안이 철저히 '객관
식'이라는 것이다. 이 상품을 살 사람인지 안 살 사람인지, 이런 자리
에 맞는 사람인지 안 맞는 사람인지, 이곳에 이득이 될 사람인지 해가
될 사람인지. 이러한 폭력적이고 이분법적인 심사기준 앞에서 우리의
정체성은 가차 없이 난도질당한다. 우리는 우리의 의미를 설명할 수
없다. 오직 정해진 의미의 답안 중에서 억지로 우리 자신의 의미를 끼
워 맞춰야 한다.

　사람들은 자유롭게 자신의 정체성을 표현할 수 없는 모든 순간에,
어쩔 수 없이 이해받을 수 없는 '이방인'이 된다. 까뮈Albert Camus의
《이방인》을 다시 읽으면서, 나는 사춘기 시절 이해하지 못했던 뫼르
소의 기이한 감정표현방식을 비로소 이해할 것 같았다. 그의 죄명은
살인이었지만, 정작 그가 살인의 이유보다 더 철저하게 심문받은 것
은 '왜 어머니의 장례식에서 눈물 한 방울 흘리지 않았는가'였다. 충
분히 정당방위를 인정받을 수 있는 우발적인 살인이었지만, 뫼르소에

게 쏟아진 질문은 정당방위 여부에 관한 것이 아니었다. 당신은 왜 어머니를 양로원에 보냈는가. 당신은 왜 어머니의 나이조차 모르고, 어머니의 장례식 바로 다음날 여자친구와 동침을 했는가. 어떻게 어머니의 장례식장에서 태연하게 담배를 피울 수 있는가. 어머니의 시신을 마지막으로 볼 수 있는 기회를 주었을 때, 왜 거부했는가. 장례식의 여운이 아직 가시지도 않았는데, 어떻게 시시껄렁한 코믹영화를 보며 애인과 시시덕거릴 수 있는가. 뫼르소는 이해할 수 없었다. 자신이 살인죄로 기소당했는지, 어머니를 제대로 애도하지 못한 죄로 기소당했는지, 알 수 없는 지경이 되어버린 것이다.

검사를 비롯하여 뫼르소를 단죄하려 한 모든 사람들은 그에게 영혼의 신원증명서를 요구하는 것이었다. 당신은 왜 우리와 다른가. 어머니의 죽음 앞에서 정신을 잃고 슬퍼해도 모자랄 판국에, 어찌 그리 무심할 수 있는가. 그러나 뫼르소의 입장에서는 '나는 누구인가'를 왜 '어머니의 장례식에서 보인 애도의 제스처'로 증명해야 하는지 이해할 수 없었다. 그가 누구에게도 쉽사리 내어줄 수 없는 자신의 영혼을 지킨 유일한 방법은, '타인의 의미규정'으로부터 필사적으로 도망치는 것이었다. 옷차림, 말투, 학력, 직장 등등을 살펴보니, '이 사람은 이러저러한 사람이로군' 하고 판단하는 모든 행동이 타인에 대한 섣부른 의미규정이 아닌가. 뫼르소는 끝내 사형선고를 받았지만, 자신을 함부로 단죄하고 제멋대로 연민하는 모든 사람들의 의미규정으로부터 탈주하는 데 성공한 것이다. 마침내 '당신은 죄인이지만, 죽음으로써 구원받을 것입니다'라는 식의 고해성사조차 거부함으로써 그는 역설적으로 진정한 자유를 얻는다. '나는 너보다 우월한 자리에 있다'는 표정으로 시종일관 그를 취조하던 검사, '너는 참 가련하기 그지없는 존재구나'라는 시선으로 그를 바라보는 신부님의 판단으로부터 탈주한 것이다. 그는 어머님의 장례식 때 눈물 한 방울 흘리지 않는 냉혈한이 아니라, 단지 어떻게 상실감을 표현해야 할지 알 수 없었을 뿐이다. 그저 다른 사람들처럼 익숙한 방식으로 슬픔을 표현하지 않았을 뿐이다.

각종 SNS 매체를 통해 끊임없이 '나는 누구인가'를 광고하며 살아가는 현대인에게, 뫼르소의 외로운 투쟁은 여전히 새로운 울림으로 다가온다. '당신들과 다르다'는 이유로 '내가 틀렸다'는 결론이 나와서는 안 된다. '우리와 다르다'는 이유로 '그는 틀렸다'고 판단해서도 안 된다. 이토록 요란한 자기 PR과 파파라치의 시대에, 예측 불능의 존재, 포착 불가능한 존재가 되기는 얼마나 어려운가. 뫼르소가 목숨을 구걸하지 않고 차라리 고독한 죽음을 택하는 장면을 보며, 나는 무력한 슬픔이 아닌 은밀하고도 비극적인 승리감을 맛본다. 그의 선택에서 우리는 살기 위해 자신의 정체성을 팔지 않는 영혼의 위대한 승리를 본다. 내가 어떤 사람인지 진심으로 이해할 준비가 되어 있지 않은 사람들 앞에서, 결코 나의 심경을 구구절절 설명하지는 않겠다. 내가 누구인지, 너희들이 원하는 방식으로는 결코 대답해주지 않겠다. 그는 소중한 영혼의 묵비권을 행사함으로써 마침내 진정한 자유를 얻은 것이다.

저 조그맣고
등이 굽은 안티고네들

오이디푸스의 딸 안티고네, 평강공주, 세조의 큰딸의 공통점은? 모두가 왕의 권위 앞에 숨죽이던 시대에, 왕의 부덕과 오류와 수치를 당당히 폭로한 여성들이다. 그들은 알파걸이나 슈퍼맘처럼 잘나가는 여성이 아니라, 여성에게 요구되는 순종의 굴레를 벗어던짐으로써 눈부신 자유를 찾았다.

생활비와 교육비를 대줄 테니 욕설과 매질로 다스려도 견디라고 선언하는 남자들. 즉 아버지의 이름으로 각종 폭력을 정당화하는 이들에게 '당신이 틀렸다'고 말한 여성들. 이들의 행동 이면에는 어떤 허영도 사심도 없다. '내가 원하는 것'이 '내가 옳다고 믿는 것'과 일치할 때의 천진무구한 열정. 그것 외에 그들의 행동을 결정하는 변수는 없다. 아버지의 권력을 빼앗으려는 아들이 아니라, '당신의 권력은 부당하다'고 비판하는 것이 전부인 딸들의 직언이야말로 어떤 충신의 간언보다 소름 끼치는 공포였던 것이다.

특히 오이디푸스를 대신해 왕좌에 앉은 외삼촌 크레온을 향한 안티고네의 투쟁은 끊임없이 리메이크되는 고전의 힘을 보여준다. 아버지를 죽이고 어머니와 결혼한 죄를 깨달은 오이디푸스가 스스로 눈을 찔러 장님이 되자, 안티고네는 눈먼 아비를 이끌고 정처 없이 방랑했다. 오이디푸스가 죽은 뒤 테베로 돌아와 보니, 안티고네의 오빠 폴리네이케스와 에테오클레스가 왕위를 놓고 싸우다 모두 죽고 말았다. 이제 정적을 모두 물리치고 왕이 된 크레온. 그는 자신의 편이었던 에테오클레스의 장례만 치러주고, 폴리네이케스의 시체는 짐승들의 밥으로 내던져버린다. 안티고네는 오빠의 주검이 짐승에게 도륙당하는 모습을 차마 지켜볼 수 없었다.

안티고네는 국법으로 엄히 금지된 죄인의 장례를 몰래 치러줌으로써 백성의 도리가 아닌 인간의 도리를 지킨다. 진노한 크레온은 안티고네를 극형에 처하라 명하고, 안티고네는 스스로 목숨을 끊고 만다. 안티고네를 사랑하던 크레온의 아들 하이몬도 그녀를 뒤따르고, 하이몬의 어머니이자 크레온의 아내 에우리디케조차 목숨을 끊는다. 독재자 크레온은 그토록 갈망하던 왕국을 얻었지만 사랑하는 이들을 모두 잃는다. 안티고네는 참혹한 죽음 속에서도 당당히 살아 있고, 크레온은 화려한 삶 속에서도 차갑게 죽어버린 신세가 된 것이다.

하루아침에 국왕에서 걸인으로 추락한 아버지를 이끌고 천하를 방랑하던 안티고네는 누구의 아내도 어머니도 연인도 될 수 없었다. 그러나 안티고네는 눈먼 아비의 곁을 끝까지 지켰고, 애도조차 금지된 오빠의 시신을 홀로 수습하며 인간의 도리를 지켰다. 그들에게 안티고네는 어머니보다 어머니 같은, 연인보다 더 연인 같은 존재였다. 아내 노릇, 어머니 노릇, 며느리 노릇을 요구하는 이 세상 수많은 크레온들 앞에서, 그녀는 그 모든 '역할'을 넘어 존재하는 '인간'의 길을 증언한다.

수많은 철학자들이 안티고네의 투쟁을 자신의 입장에서 해석했다. 철학자 헤겔Georg Wilhelm Friedrich Hegel의 눈에 비친 안티고네는 사사로운 육친의 정에 얽매여 지엄한 국법을 능멸한 패륜아였다. 페미니스트들은 안티고네의 투쟁을 가부장의 권력에 맞선 여성의 투쟁으로 보았다. 철학자 주디스 버틀러Judith Butler의 눈에 비친 안티고네는 여전사도 영웅도 아니었다. 안티고네는 무언가를 대표하거나 대변하는 주체가 아니라, 자신의 흔들리는 정체성으로 '우리들의 단단한 정체성, 공적인 영역의 우월성'을 의문에 부치는 존재였던 것이다.

그렇게 안티고네는 저주받은 오이디푸스의 딸이 아니라 오이디푸스조차 제압하지 못한 크레온에 저항한 유일한 존재, 안티고네 자체로 기억된다. 안티고네는 오이디푸스의 충실한 아바타가 아니라 누구도 흉내 낼 수 없는, 유일한 '안티고네'가 된다. 크레온은 끝까지 지고한 국법을 강조하지만, 안티고네는 '법이 닿을 수 없는 삶의 장소'가 있다는 것을 일깨운다. 위대한 왕들은 연약한 줄로만 알았던 딸들의 반란 앞에서, 자신이 만든 법과 폭력이 어떤 힘도 발휘하지 못하는, 권력의 사각지대를 발견한다. '그 누구'가 되어 나에게 복종하라는 위대한 왕들 앞에서, 딸들은 그 누구도 아닌, '그저 사람'이 되겠다고 선언한다.

아직도 우리 사회에는 수많은 안티고네들이 있다. 대단한 지위나 명분의 이름이 아니라, '아무것도 아닌 자'의 뜨거운 삶으로 말하는 사람들. 안티고네가 미래의 왕비 자리를 버리고 사랑하는 오빠의 죽음을 슬퍼할 수 있는 권리를 택했듯이. 안티고네가 두려워하는 것은 죽음보다 더 혹독한 대중의 침묵, 틀린 걸 알면서도 못 본 척하는 이들의 냉혹한 무관심이 아닐까. 저 수많은 안티고네들에게 가장 절실한 것은 아버지를 대체할 강력한 보호자가 아니라, 당신의 선택이 옳다고 믿어줄 동지들의 따뜻한 손길이 아닐까. 잔다르크처럼 총칼을 휘두르지도, 알파걸처럼 성공의 왕관을 쓰지도 못한, 저 조그맣고 등이 굽은 안티고네들은 알고 있다. 생명보다 중요한 권력이란, 사랑보다 위대한 권력이란 없다는 것을. 슬기로운 체념이란, 아름다운 타협이란 없다는 것을.

처음으로 인생을
나의 의도대로
살아보고 싶어서

대학생만 된다면 그 엄청나게 남아도는 시간을 정말 창조적으로 써 보리라, 의욕에 불탔던 스무 살을 기억한다. 그런데 막상 야간자율학습도 수능도 걱정할 필요 없는, 지나치게 자유로운 24시간을 제대로 써먹기란 쉬운 일이 아니었다. 하루의 대부분을 학교에서 정해준 스케줄대로 움직이던 고교 시절이 끝나자 턱없이 남아도는 시간을 주체할 수 없어 방황했다. 규율대로만 움직이던 우리에게 갑자기 주어진 자유는 또 다른 구속이었다. 아마 그때 헨리 데이비드 소로Henry David Thoreau의 《월든》을 읽었다면 그 속절없는 방황을 좀 더 소중한 삶의 에너지로 연소시킬 수 있지 않았을까? 뒤늦게 《월든》을 읽으며 나는 처음으로 이런 고민을 했다. 내 삶을 떠받치는 모든 백그라운드를 제거하고 나서도, 나는 '나'일 수 있을까? 나를 바라보는 주변의 모든 시선을 제거하고 나서도, 나는 나만의 신념과 욕망에 따라 거침없이 행동할 수 있을까? "우리는 먼저 인간이어야 하고 그다음에 국민이어야 한다"는 소로의 명언은, 늘 '학생'이었을 뿐 오롯한 '인간'으로 살아보지 못한 나에게 신선한 충격으로 다가왔다.

하버드대학교를 졸업한 초특급 엘리트였지만 자신에게 보장된 장밋빛 미래를 내던지고 어느 날 홀연히 월든 호숫가에 통나무집을 지어 은둔과 집필에 몰두하기 시작한 소로. 나는 《월든》을 읽으며 처음으로 내가 '혼자 있음'을 잘 견디지 못하는 인간임을 깨달았다. 시험과 숙제 같은 외부에서 주어진 과제가 없으면 오히려 불안을 느끼며, 나만의 시간을 제대로 즐기지 못하는 나 자신을 발견했다. 활자 중독에 빠진 나는 무언가 읽을거리가 없으면 불안했고, 주어진 텍스트가 없이는 아무런 자발적인 사유도 해내지 못하는 수동적 주체가 되어 있었다. 《월든》은 '자연과 나, 단둘이 놀기'라는 초유의 실험을 통해 평소에 억압되어 있던 나 자신의 내면을 찾아 떠나는 영혼의 모험담으로 읽혔다. 소로의 은둔은 세상 바깥으로 도피하기 위함이 아니라 진정한 세상의 중심을 발견하기 위한 모험이었다. 소로는 자신이 숲속으로 들어간 이유를 이렇게 설명한다. 내가 숲 속으로 들어간 것은 처음으로 인생을 나의 의도대로 살아보고 싶었기 때문이라고. 인생의 본질적인 사실만을 맨몸으로 직면하기 위해, 삶이 아닌 것은 아예 살지 않기 위해서라고. "나는 인생을 깊게 살기를, 인생의 모든 골수를 빼먹기를 원했으며, 강인하게 스파르타인처럼 살아, 삶이 아닌 것은 모두 때려 엎기를 원했다."

"소중했지만 다시는 볼 수 없는 사람들을 생각할 때마다,
어느새 내 몸, 내 맘, 내 삶의 일부가 되어 있음을 느낀다."

소로가 찾아낸 생의 중심은 스펙 쌓기와 인맥 확장이 아니라 자기 주변의 존재들과 진정한 관계를 맺는 일이었다. 제도나 규율이 없어도 자신의 삶을 꾸려갈 수 있는 자기만의 윤리를 창조하는 것이야말로 생의 과제였다. 단 한 평의 공간이라도 좋다. 세상의 명령에 길들지 않은 채로 자기만의 꿈을 가꿀 수 있는 내면의 공간이 있다면. 모든 걸 버리고 산속으로 떠나지는 못해도, 언제든 우리 마음속의 월든 호수를 찾을 수 있다. 소로가 숲 속으로 떠난 까닭은 세상의 광풍에 휘둘리지 않는 자신만의 리듬을 살아내기 위해서였다. 시민의 이름으로 복종해야 했던 각종 규율로부터 자유롭기 위해, 세상이 끝나도 나에게는 끝나지 않는 그 무엇을 찾기 위해. 어떻게 하면 우리는 첨단 테크놀로지와 무한 미디어 시대에 살면서도 마음 한구석에 각자의 월든을 가꿀 수 있을까?

각종 '리스크'를 따져보느라 '꿈'의 가치를 망각한 현대인에게, 근심·걱정에 빠져 지내느라 자신의 꿈조차 잊고 사는 현대인에게, 소로는 말한다. "새벽이 되기 전에 근심에서 깨어나서 모험을 찾아 떠나라. 그대의 천성에 따라 야성적으로 자라라. 밥벌이를 그대의 직업으로 삼지 말고 도락으로 삼으라. 대지를 즐기되 소유하려 들지 마라." 《월든》은 무한 미디어 사회에서 점점 '작아지는 개인'을 향해 던지는 구원의 메시지로 읽힌다. 어떻게 혼자일 때조차도 신명나게 세상과 더불어 '함께'일 수 있을까? 어떻게 하면 우리를 비참하게 만드는 '텅 빈 외로움'과 혼자 있을수록 더욱 풍요로운 자기 자신과 만나는 '창조적 고독'을 구별할 수 있을까? 아무도 없는 자연의 고독을 맛보기 위해 숲 속으로 숨어든 소로는 역설적으로 '붐비는 자연'의 시끌벅적한

웅성거림과 만나게 된다. 그는 라디오를 끄고 나서야 자연이라는 위대한 벗이 연주하는 숲 속의 교향악을 듣게 된다. 그는 자연 속에서 그 어느 때보다도 부지런해지고 자기 자신과 더욱 풍성한 대화를 나누게 된다. 《월든》은 외딴방의 고독이 아니라 나 혼자 있어도 얼마나 많은 타자들과 만날 수 있는지를 증명하는 시끌벅적한 텍스트다. 우리 안에 이미 존재하고 있었지만 미처 알아보지 못했던 우리 자신의 예술적 재능, 자연과 대화하고 나 자신과 대화하는 기적을 실험하는 시간. 그 누구의 시선의 권력도 작용하지 않는 곳에서 우리는 진정 아름다운 시선의 주인이 된다.

이 세계 너머를 꿈꾼
인어공주처럼

나에게 가장 실망스러운 '원작의 패러디' 중 1위는 디즈니 애니메이션 〈인어공주〉다. 바다를 떠도는 거품으로 덧없이 사라져가는 인어공주가 아닌, 왕자와의 결혼이라는 해피엔딩의 주인공이라니. 어릴 적 읽었던 《인어공주》의 감동은 '그들은 오래오래 행복하게 살았습니다'로 끝나는 동화에서는 결코 맛볼 수 없었던 눈부신 슬픔에서 우러나왔다. 아무리 생각해봐도 인어공주를 살릴 수 있는 길(?)은 애초에 육지의 왕자를 사랑하지 않는 길뿐이었다. 인어공주를 키운 할머니는 말했다. "우리는 우리가 가진 꼬리를 아름답다고 생각하지만 인간들은 흉측하다고 생각한단다", "애야, 인어는 바닷속에서 살 때 가장 행복한 거란다. 우린 자그마치 300년이나 살 수 있잖니." 인어공주도 언니들처럼 바닷속의 만수무강을 선택했다면 물거품이 되어 사라지는 비극은 면할 수 있었을 것이다. 인어공주에게 왕자는 이룰 수 없는 꿈을 품게 만들고 동시에 그 꿈을 불가능하게 만드는 존재였다. 그러나 왕자를 사랑하지 않는 인어공주라니, 그런 인어공주는 아름다운 이야기의 주인공이 될 수 없지 않은가. 《갈매기의 꿈》에서 조너선에게 더 높이 날아오르고픈 꿈이 없었다면, 《어린 왕자》에서 왕자가 장미와 여우를 사랑하지 않았다면, 그토록 아름다운 이야기는 탄생할 수 없는 것처럼.

인어공주는 신분상승을 위해 목숨을 거는 성공신화의 주인공이 아니라, 모두가 '이룰 수 없다'고 말하는 꿈, 누가 봐도 불가능한 꿈을 향해 묵묵히 전진하는 사람들의 영원한 친구다. 인어공주가 원한 것은 단지 멋진 왕자님과의 결혼이 아니었다. 인어공주가 진짜 얻고자 했던 것은 불멸의 영혼이었다. "할머니, 우리에겐 왜 불멸의 영혼이 없어요?", "단 하루만이라도 좋으니 인간이 되고 싶어요. 죽어서 그 천국이라는 곳에 갈 수 있다면, 단 하루를 위해 내 목숨의 백 년을 버려도 아깝지 않을 거예요." 인어가 불멸의 영혼을 얻는 유일한 방법은 바로 인간의 진정한 사랑을 받아 결혼하는 것이었다. 오랜 수명이 보장된 대신 죽으면 영원히 사라지고 다른 생명으로 부활할 수 없는 인어와는 달리, 인간은 짧은 인생 대신 '불멸의 영혼'을 가졌다는 것이다. 자신이 쓴 동화 중 《인어공주》를 가장 흡족하게 여겼던 안데르센Hans Christian Andersen은 친구에게 쓴 편지에서 인어공주가 '인간의 사랑'에 의존하길 원치 않는다고 밝힌다. 인간의 사랑에 의존하기보다는 차라리 우연에 의존하는 것이 낫지 않겠느냐고. 과연 인어공주는 왕자의 사랑을 더없이 갈구하지만 사랑을 얻기 위한 어떤 '꼼수'도 쓰지 않는다.

인어공주가 언니들과 달랐던 점은 '바닷속이 제일 편안하다'고 느끼던 언니들과 달리, 끊임없이 '이 세계 너머'를 꿈꾸었다는 점이다. 인어공주가 자신의 꿈을 이루기 위해 견디는 고통은 거의 순교자의 고행에 가깝다. 마녀에게 자신의 가장 소중한 보물인 '목소리'를 내어주기 위해 혀가 잘려나가는 아픔을 겪어야 했고, 발이 바닥에 닿을 때마다 날카로운 칼날 위를 걷는 것처럼 고통스러웠지만 왕자를 기쁘게 하려고 오히려 더 열심히 춤을 추었으며, 연약한 발에서는 끝없이 피가 흘렀지만 도리어 유쾌하게 웃으며 왕자와 높은 산에 올라가기도 했다. 무엇보다도 가장 고통스러운 순간은 자신이 살기 위해 왕자를 죽여야 하는 극단적 선택의 순간이었다. 그 순간 인어공주는 자신이 아닌 다른 신부와 잠들어 있는 왕자의 사랑을, 그럼에도 여전히 그를 버릴 수 없는 자신의 사랑을 긍정한다. 인어공주는 불멸의 영혼을 얻지 못했지만, 누구의 인정도 받을 필요가 없는 자신만의 사랑을 얻은 것이다. 인간의 사랑에 의존하는 것이 아니라 자신의 사랑을 스스로 창조하고, 사랑의 메아리가 되돌아오지 않아도 사랑을 증오하지 않는 그녀는 '불멸의 영혼' 대신 '영혼의 존엄'을 얻은 것이 아닐까.

왕자와 아무 연관이 없던 이웃나라 공주는 왕자와 결혼하여 행복한 삶의 주인공이 되고, 험한 파도를 헤치고 왕자를 구한 인어공주는 허망하게 물거품으로 변해버리는 비극적 아이러니. 비극적 아이러니는 해피엔딩으로 포장할 수 없는 삶, 뜻밖의 불행으로 가득 찬 불합리한 삶 자체를 끌어안는 용기를 대가로 한다. 굳이 왕자와 결혼하지 않아도, 굳이 행복해지지 않아도, 인어공주는 누구의 권위에도 호소하지 않고 자신의 꿈을 극한까지 밀어붙인, 진정한 이야기의 주인공이 된 것이다. 《인어공주》의 숨은 명장면 중 하나는 그녀가 처음으로 '눈물'을 흘릴 줄 알게 되는 장면이다. 인어는 신체구조상 '눈물'을 흘릴 수 없어 마음속으로만 울어야 했지만, 왕자를 살려주고 물거품이 된 인어공주는 비로소 마음껏 눈물을 흘릴 수 있게 된다. 이 순간 인어공주는 비로소 '인어'의 운명이나 '인간'의 운명에 구속되는 존재가 아니라 '그 누구도 아닌 자신'의 삶을 쟁취한 것이 아닐까.

나타나기 위한 사라짐,
사라짐을 위한 나타남

　프로메테우스, 방자, 천사, 헤르메스, 바리데기의 공통점은? 바로 위대한 인연의 메신저라는 점이다. 인간과 불을 매개해준 프로메테우스, 춘향과 몽룡의 불가능한 인연을 성사시켜준 방자, 하느님의 메시지를 인간에게 전해주는 천사들, 제우스의 온갖 심부름을 도맡아 하며 삶과 죽음의 경계를 이어주는 헤르메스. 태어나자마자 자신을 버린, 도저히 용서할 수 없는 아버지의 목숨을 구해준 후, 드높은 벼슬자리나 일확천금도 마다하고 황천길을 방황하는 죽은 자들의 길잡이를 자처한 바리데기까지.

　이렇게 메신저 업계의 유명인사들도 많지만, 우리 곁에는 천사처럼 어여쁜 일을 몰래 해놓고도 흔적 없이 사라지는 매개자들이 있다. 어떤 일이 성사되기 위해 꼭 필요하지만, 정작 주인공이 될 수 없는 사람들. 그들은 주어나 동사 같은 중요한 품사가 아니라 조사나 전치사처럼 그 존재를 쉽게 드러내지 않는다.

자신이 인정받거나 유명해지기 위해서가 아니라 그저 어떤 일이 성사되도록 하기 위해 고군분투해본 사람들은 뼈저리게 이해할 것이다. 누구에게나 중요한 주어나 동사가 되는 것보다 누구나 쉽게 스쳐 지나가버리는 조사나 전치사가 되는 것이 얼마나 어려운지를. 프랑스의 철학자 미셸 세르Michel Serres는 《천사들의 전설》에서 이렇게 말한다. 나타나기 위한 사라짐, 사라짐을 위한 나타남이 메신저의 존재방식이자 소멸방식이라고. 존재의 윤리는 재능이나 권위가 아닌 아름다운 소멸을 통해 드러난다.

블로그나 미니홈피를 비롯한 각종 1인 미디어로 인해 현대인은 누구나 메신저가 될 수 있는 기술적 자원을 확보했다. 하지만 우리 곁에는 보이지 않는 천사보다 '지나치게 눈에 띄는, 결코 바람직하지 않은 메신저'들이 판을 치고 있다. 첫째, 메신저가 메시지를 가로채는 경우다. 수많은 메시지가 이윤만을 챙기는 잘못된 메신저로 인해 왜곡되거나 흔적도 없이 사라진다. 둘째, 메신저가 메시지 자체보다 중요하거나 대단해 보이는, 가치의 전도 현상이다. 이것은 메시지를 전달받는 사람도 빠지기 쉬운 오류다. '그 소식' 자체보다 그 소식을 '누가' 말했는지, '어떤 매체'가 말했는지를 신경 쓰는 순간, 우리는 메시지의 내용보다 메신저의 권위를 따지는 실수를 범한다. 셋째, 메시지보다 메신저의 외적 요소들이 오히려 화제가 되는, '엉뚱한 방점'의 오류다. 예를 들면 아나운서의 뉴스 전달 실력보다 미모나 학벌 같은 외적 요소가 오히려 화제가 될 때. 모두가 이용할 권리가 있는 중요한 정보에 각종 통행세 지불을 요구하는 거대 매체들의 횡포 또한 좋은 메신저와는 거리가 먼 행태들이다.

미셸 세르는 메신저가 빠지기 쉬운 윤리적 함정을 이렇게 지적한다. "메신저가 남의 환심을 사면, 전달은 가로막혀", "운반자의 으뜸가는 의무는 이울기, 옆으로 비켜서기, 날기, 물러남이야", "가장 나쁜 천사들은 눈에 보이고, 가장 좋은 천사들은 사라지는구나." 그렇게 메신저는 '존재'보다 '관계'를 창조하는 사람들이다. 좋은 메신저는 단지 전달만 하는 자가 아니라 메시지를 새롭게 창조하는 존재다. 흔히 말하는 '통섭'이야말로 그냥 내버려두면 화석처럼 굳어질 지식을 새롭게 콜라주하여 모두를 위한 지식으로 창조해내는 메신저의 즐거운 의무다. 메신저는 정형화되지 않은 지식, 아직 타인의 입김에 노출되지 않은 미결정된 지식에 살아 있는 육체의 형태를 부여하는 사람이기도 하다. 분류와 분석으로 응고되고 화석화된 박물관 속 지식이 아니라, 살아 있는 육체를 지닌 개개인의 삶을 치유하는 지식을 창조하는 사람이 이 시대의 진정한 메신저, 새로운 헤르메스가 아닐까.

메신저의 최고봉은 역시 메시지를 전달하는 존재를 넘어 스스로 메시지 자체가 되는 경지다. 무심코 텔레비전 채널 돌리기 놀이를 하던 중, 뜻밖의 장면에 눈시울이 뜨거워진 적이 있다. 지난 30여 년간 저 험준한 설악산을 매일 수십 번씩 오르내리며, 자동차가 다닐 수 없는 길에 각종 음료수, 식재료, LPG가스통, 132kg에 이르는 대형냉장고까지 운반하신 지게꾼 아저씨의 모습이었다. 우리가 설악산에서 마셨던 그 청량한 사이다, 그 상큼한 청포묵, 그 아삭아삭한 산채비빔밥은 그분의 무거운 지게 끝에서 피어오른 아름다운 꽃들이었음을 알게 되었다. 그렇게 살아 있는 시시포스, 살아 있는 헤르메스가 바로 우리 곁에 있었다. 그는 그렇게 묵묵히 세상을 들어 올리고 매일매일 세상 밑으로 사라지고 있었다. 모두가 대단한 헤라클레스나 위대한 프로메테우스가 될 수는 없지만, 사랑스러운 큐피드나 유쾌한 헤르메스가 될 수 있는 길은 도처에 널려 있다. 우리가 조금만 타인의 신음 소리에 귀 기울인다면. 우리가 조금만 '나의 상처'가 아닌 '세상의 상처'에 눈 돌릴 여유가 있다면.

아이란
자고로
청개구리여야

　내가 만나본 이 세상 수많은 엄마들은 하나같이 '더 좋은 엄마가 되고 싶은데, 그렇지 못하다'는 자책감을 고백하곤 했다. 엄마들은 이런 질문을 하며 괴로워한다. 워킹맘이 아니라 전업주부라면 아이들과 더 많이 놀아줄 수 있지 않을까? 유학 정도는 척척 보내줄 수 있을 만큼 형편이 넉넉한 엄마라면 어떨까? 나보다 더 가방끈이 긴 엄마라면 아이들의 교육에 더 도움이 되지 않을까? 모두가 부러워할 만큼 어엿한 사회적 지위를 가진 엄마라면 어떨까? 그런 질문을 할 때마다 새삼 자신이 '슈퍼맘'이 될 수 없다는 사실에 괴로워지곤 한다는 것이다. 이것은 화려한 슈퍼맘의 이미지를 밥 먹듯이 전시하는 미디어의 병폐가 아닐까. 그 모든 조건을 다 가진 엄마가 몇 명이나 되겠는가. 그런 엄마가 훌륭한 엄마라는 근거는 과연 어디에 있을까.

슈퍼맘 신화는 엄친아 담론과 연결될 때 더욱 심각한 시너지 현상을 발휘한다. 엄친아 담론의 전제는 '우리 아이가 남의 아이보다 열등하지 않을까' 하는 의심이다. 엄마들은 '우리 애가 엄마 말만 잘 들으면 훌륭한 사람이 될 텐데' 하고 내심 기대한다. 엄마들은 아이가 혹시 속수무책의 영원한 청개구리가 될까 두려워하는 것이다. 그런데 아이의 입장에서 보자면, 아이란 자고로 청개구리여야 '정상'이다. 청개구리 정신의 핵심은 자신에게 부과되는 모든 명령에 '왜?'를 붙인다는 것이다. 왜 공부를 해야 하지? 왜 엄마 말을 들어야 하지? 왜 선생님이 시키는 대로 해야 하지? 이런 질문들은 지극히 정상적인 내면의 통과의례다. 건강한 엄마들은 '우리 애가 요새 말을 안 들어 죽겠어!'라고 푸념을 하다가도, '하긴, 나도 학교 다닐 때 그랬지!' 하며 자신도 한때 청개구리였음을 겸연쩍게 인정한다. 지나치게 순종적인 아이는 오히려 그동안 억압된 수많은 '왜'를 해결하기 위해 뒤늦은 통과의례를 거쳐야 한다.

그런 의미에서 우리 시대의 청개구리 우화는 새로운 각도에서 다시 읽혀져야 하지 않을까. 학문의 역사를 살펴보아도 가장 창조적인 학자들은 '주어진 질문'에 척척 대답하는 사람들이 아니라 학계의 규칙을 깨뜨리고 자신이 만들어낸 '새로운 질문'에 온몸을 던진 사람들이었다. 말 안 듣는 아이의 되바라진 반항. 그것이 인문학의 시작이다. '엄격한 부모'가 '자유방임식 부모'보다 훨씬 창조적인 아이를 길러낸다는 것은 동서양 부모들의 전통적 합의사항이다. 지젝Slavoj Zizek은 이렇게 설명한다. 엄격한 부모를 가진 아이는 일단 겉으로는 복종

하더라도 내적으로는 자기만의 세계를 가진다는 것이다. 훨씬 교활한 것은 포스트모던한 자유방임, 비권위주의적 아버지의 명령이라고. 예컨대 '내가 너를 얼마나 사랑하는지 알지? 너에게 강요하고 싶지는 않아. 네가 정말 원하는 대로 하거라!'라는 식으로 말하는 부모가 훨씬 교묘한 독재자라는 것이다. 이것은 아이의 내적인 자유를 강탈하고, 아이의 할 일뿐 아니라 아이가 스스로 원해야 할 것과 느낌까지 명령하는 것이다. 엄격한 금지가 오히려 내면의 빈 공간을 만들고, 그 내면의 공터에서 창조적 질문이 탄생하는 것이 아닐까.

아이는 단지 질문에 대한 올바른 대답을 원하는 것이 아니라 '아무리 귀찮아도 내 질문에 재깍 대답해주는 부모가 있다'는 사실을 확인하고 싶어 한다. 아이들에게는 가방끈 긴 부모가 필요한 것이 아니라, 아무리 곤란한 질문을 해도 그때마다 최선을 다해 더 나은 대답을 들려주려고 노력하는 부모가 언제나 그 자리에 있다는 믿음이 중요한 것이다. 철없던 시절, 나는 솔직히 우리 엄마보다 훨씬 친절하고 똑똑한 엄마, 세련되고 우아한 엄마를 갈망했다. 그런 갈망을 고스란히 드러내어, 엄마에게 대놓고 상처를 준 적도 있다. 어른이 되어서야 깨달았다. 이 세상 모든 엄마들은 '이러저러 하기 때문에' 대단한 것이 아니라, '단지 내 엄마이기 때문에' 진정 위대하다는 것을.

돌이켜보면 나의 인문학 사랑도 엄마를 향한 청개구리 정신에서 시작되었다. 이를테면 나는 세상 모든 '뜬구름 잡는 이야기'를 좋아한다. 그 모호한 뜬구름에 반드시 인문학적 가치가 있을 거라 믿는다. 공들여 나의 생각을 말하면, '또 뜬구름 잡는 이야기구나' 하고 핀잔을 주시던 엄마를 향한 오기가 발동한 것이다. 흥, 뜬구름이라고? 난 그 뜬구름이 너무 좋아. 꼭 그놈의 뜬구름을 보란 듯이 잡고 말 테야. 걸핏하면 반대하는 엄마, 그에 지지 않고 반기를 드는 딸내미. 이 끊임 없는 기 싸움이 우리 모녀의 우정을 창조했고, 나의 세계관을 빚어냈다. 나는 '그게 무슨 허황된 소리냐'라고 비판하는 엄마 때문에 이 희미한 세상의 뜬구름을 전문적으로 때려잡는(?) 글쟁이가 되었고, 지금은 우리 엄마가 나에게는 최고의 슈퍼맘인 것을 안다. 나에게 뜬구름이란 '해결되지 않는, 존재의 모호성'이었다. 세상 모든 뜬구름 속에 숨은 다채로운 이야기의 무지개를 찾아내는 힘, 그것이 인문학의 에너지가 아닐까. 어떤 순간에도 '왜'냐고 묻는 배짱, 그것이 인류가 면면이 유전시켜온 청개구리의 물음표 DNA가 아닐까.

성공 아닌
평범한 삶
살아갈 용기

　인간을 가장 타락시키기 쉬운 것은 '유혹'이 아니라 '성공' 아닐까. 유혹은 매순간 일회적으로 인간을 시험하지만, 성공은 평생 그 사람을 그림자처럼 따라다니며 일생 전체를 쥐락펴락한다. 성공한 후에도 더 큰 성공을 찾아 헤매다 정작 자기다움을 잃어버리는 이들이 많다. 평생 과거의 성공을 팔아먹는 사람들, 성공한 사람들 주변에 모여드는 파파라치나 사기꾼에게 인생을 저당 잡히는 이들도 많다. 성공에 대한 칭찬과 찬양은 그 사람의 창조성을 저해하는 장애물이다. '이렇게 하면 칭찬받는구나'라는 인식이 또다시 똑같은 성공, 비슷한 성공을 복제하는 위험을 낳는 것이다. 성공의 롤러코스터에 온몸을 맡기지 않고, '나에게 필요한 세상'이 아니라 '세상에 필요한 나'를 끊임없이 질문하며 살아가는 이들은 극히 드물다. 이것보다 더 크게 되어야 하지 않을까. 이것보다 더 멋진 성공을 해내야 하지 않을까. 이런 탐욕이야말로 달콤한 성공에 내재하는 악마의 유혹인 것이다.

사람을 소개할 때 '전前' 국회의원, '전' 장관, 이런 식으로 소개하는 습관은 얼마나 부질없는가. 이런 소개법은 그 사람의 현재에 대해선 아무것도 알려주지 않고 오직 그가 가장 높은 자리에 올라갔던 '한때의 좋았던 과거'만을 회상하게 만든다. 성공을 찬양하느라 정작 삶 자체에 소홀해지는 사회의 우울한 자화상인 것이다. 성공보다 소중한 것은 성공 이후에도 삶의 중심을 또 다른 성공에서 찾지 않는 것, 자신의 의미를 타인의 인정이나 승인에서 찾지 않는 것이다. 이 세상 모든 문짝이 내 앞에서만 꽁꽁 닫혀 있는 듯한 순간에도, 새로운 삶을 향해 발돋움할 용기를 잃지 않는 것이다.

헤밍웨이Ernest Miller Hemingway의 《노인과 바다》는 성공보다 중요한 것은 성공의 결과물이 모두 사라지고 난 후에도 영혼의 존엄을 잃지 않는 일임을 눈부시게 증명해낸다. 산티아고가 필생의 꿈으로 간직해온 커다란 청새치를 잡은 것도 물론 멋진 장면이다. 하지만 그 일시적 성공보다 아름다운 것은, 한때는 적이었지만 이제는 가족처럼 소중한 청새치를 상어떼로부터 지키기 위해 목숨을 거는 장면이다. 상어떼에게 온몸을 물어뜯긴 청새치를 보며 "미안하다. 반쪽의 물고기야. 너는 온전한 물고기였지. 내가 너무 멀리 나와서 미안하구나. 내가 우리 둘을 다 망쳐버렸구나" 하고 자신의 지나친 욕심을 뉘우치는 장면은 너무도 처연하다. 그는 마침내 깨닫는다. 자신이 평생 사력을 다해온 싸움의 목적은 '청새치'가 상징하는 어부로서의 성공이 아니라, '나는 해낼 수 없다'는 패배감과 자기 앞에 놓인 운명의 장애물을 극복하는 것임을.

마침내 상어떼에게 온몸을 물어뜯긴 청새치가 뼈만 앙상하게 남은 순간에도, 산티아고는 결코 절망하지 않는다. 그가 "인간을 멸滅할 수는 있어도, 인간을 패배시킬 수는 없다"고 외치는 순간, 우리는 비로소 깨닫는다. 인생의 돌부리에 걸려 넘어질 수는 있지만, 스스로 무릎 꿇어서는 안 된다는 것을. 작살 하나로 청새치를 잡은 용맹도, 작살도 없이 상어떼와 목숨 걸고 싸운 그도 아름답지만, 더욱 눈부신 순간은 그가 모든 것을 잃고 다시 돌아와 새로운 삶을 시작한 것이다. 삶의 가장 소중한 의미가 성공이 아닌, 어린 소년과의 소박한 우정에 있음을 깨닫는 장면이다. 재산도 가족도 없는 노인을 아무 조건 없이 따스하게 보살핀 소년이야말로 '나를 지금까지 살게 만든 것'임을 깨닫는 순간. 의지할 데 없는 자신을 지금까지 버티게 해준 것은 성공을 향한 열망이 아니라 소년과 바다 이야기를 나눌 수 있는 소박한 행복이었음을 깨닫는 장면이다. 산티아고의 위대성은 바로 그 평범한 일상 속에서 생의 원동력을 발견하는 혜안에 있지 않을까.

우리는 알고 있다. 인생이 죽음보다 힘겨울 때에는, 살아 있다는 것 자체가 눈부신 기적임을. 그리고 살아남았다는 사실 자체가 커다란 용기임을. 이것이 '클라이맥스로구나' 싶은 순간이 지나간 뒤에도, 삶은 또 다른 결정적 순간을 예비하고 있다. 외부 상황이 우리를 좌절시킬 수는 있지만, 인간의 영혼은 결코 스스로 무릎 꿇지 않는다. 생의 지렛대는 성공이 아니라, 그 사람을 반드시 그 사람답게 만드는 평범한 일상, 끝내 지켜야 할 소중한 사람들이다. 성공하지 못하는 것보다

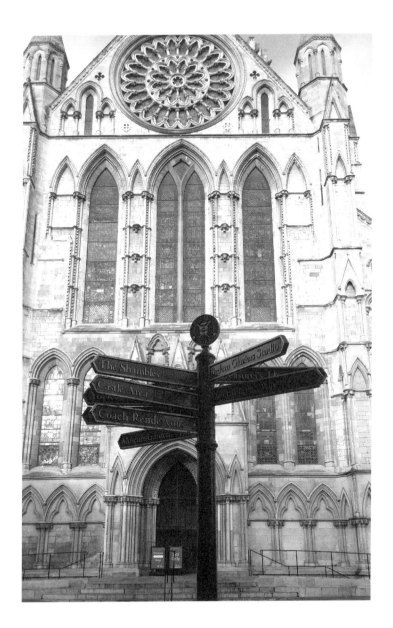

심각한 굴욕은 성공을 유지하는 데 정신이 팔려 성공보다 더 중요한 자신의 삶을, 소중한 이들을 돌보지 못하는 것이다. 그리하여 꿈이 이루어지고 난 뒤에도 삶은 계속된다. 꿈이 무참히 깨져버린 뒤에도 삶은 계속된다. 평범한 삶을 버리고 떠날 수 있는 용기보다도 아름다운 것은, 대단한 삶을 두고도 평범한 삶으로 다시 기꺼이 돌아올 수 있는 용기가 아닐까.

당신이
나의 일부처럼
느껴졌다

수업 시간에 학생들과 함께 문학작품을 읽다 보면, 점점 더 주인공에 대한 연민이나 감동을 불러일으키기가 어려워진다. 내가 '이 작품정말 좋다'고 학생들에게 추천하면, 막상 학생들은 '재미없다'는 반응을 보내와 쩔쩔맨 적이 많다. 학생들은 TV나 인터넷에서 매일 접하는연예인과는 쉽게 자신을 동일시하면서, 인터넷으로 쉽게 검색할 수없는 대상, 바로 우리 곁의 아주 가까운 타인들의 삶에는 관심이 없어보인다. 어떻게 하면 나 혼자가 아니라 학생들과 함께 감동하고 공감할 수 있을까. 연민이나 감동 이전에 필요한 두뇌활동은 무엇일까. 그것은 바로 타인의 삶이 내 삶의 또 다른 얼굴임을 포착하는 은유의 상상력이 아닐까. 우리는 내 스펙, 내 커리어, 내 성적에만 집중하느라

"단 한 번 마주친 이에게 내 모든 마음을 내줄 수 있는 용기.
낯선 타인과의 사소한 우연을 뜻밖의 연대로, 눈부신 기적으로
만드는 삶의 기예."

점점 타인의 삶을 향한 은유의 충동을 잃어버리는 것이 아닐까. 은유의 충동은 나와 다른 모든 존재들과 기꺼이 교신하려는 꿈이다. 직유가 A와 B 사이의 유사성에 기초하는 상상력이라면, 은유는 A와 B 사이의 서로 다름, 차이에 호소하는 상상력이다. 전혀 무관해 보이는 존재들 사이에서 기어코 같음을 발견해내는 것이야말로 은유의 창조적 힘이다.

그런 눈으로 바라보니 김승옥의 《무진기행》이 새삼 다시 읽혔다. 주인공 윤희중의 경이로운 '은유의 상상력'이 빛을 발하기 시작한 것이다. 그는 무진에서 만나는 타인들의 삶에 자신의 삶을 기꺼이 은유한다. 무진으로 오는 길 우연히 만났던 젊고 아리따운 미친 여자의 광기와 백치미. 마음속에서는 〈어떤 갠 날〉 같은 오페라적 삶을 갈구하면서도 사람들 앞에서는 〈목포의 눈물〉 같은 유행가를 부르며 군중의 취향을 억지로 만족시켜주는 음악선생 하인숙. 그런 하인숙을 사랑하지만 자기 마음을 한 번도 고백하지 못한 스물아홉 살 수줍은 청년 박 선생. 고등고시에 패스하여 무진의 세무서장으로 일하면서 자신의 지위와 바쁨을 과시하고 싶어 하는 옛 친구 '조'에게까지도.

윤희중은 그 모든 타인들의 결핍과 불안과 고독에 자신의 삶을 은유한다. 윤희중의 은유적 상상력은 술집 여자의 자살한 시체를 바라보는 순간 절정에 다다른다. "나는 문득, 내가 간밤에 잠을 이루지 못하고 뒤척거리고 있었던 게 이 여자의 임종을 지켜주기 위해서가 아니었을까 하는 생각이 들었다", "갑자기 나는 이 여자가 나의 일부처럼 느껴졌다. 아프긴 하지만 아끼지 않으면 안 될 내 몸의 일부처럼 느껴졌다." 이렇듯 윤희중이 무진에서 그가 잃어버렸던 순수와 고통의 시간을 되찾을 수 있었던 것은, 타인의 삶이 지닌 상처의 풍경과 자신의 상실감을 동일시하는 은유의 상상력 때문이 아니었을까. 우리가 점점 타인의 삶에 공감하는 능력을 잃어가는 까닭은, 이런 은유와 감정이입의 상상력이 마모되어 가기 때문이 아닐까.

언젠가부터 누군가가 나 아닌 타인의 안부를 물어오면, '그 사람하고 별로 안 친해'라고 말하는 자신을 발견했다. 그렇게 말해놓고는 스스로 놀란다. 내가 아는 사람들을 '친한 사람'과 '안 친한 사람'으로 나누면, 도대체 친한 사람은 몇 명이나 될까. 친하진 않지만 나 홀로 진심으로 좋아하는 사람들도 많지 않은가. 언젠가는 친해질 수 있는 사람도 있지 않을까. 이렇게 수많은 타인을 내 상상의 울타리 밖으로 밀어내는 것이 바로 은유의 상상력을 방해하는 장애물이 아니었을까.

얼마 전 홈피나 블로그 가꾸기에는 젬병인 내가 친구의 권유로 페이스북을 시작했다. 시시콜콜 나의 안부를 전하는 바지런함과 살가움이 없기에 페이스북 같은 것은 평생 안 할 줄 알았다. 친구에게 등 떠밀려 계정을 만들었더니 나를 잊은 줄 알았던 수많은 사람들이 친구 요청을 해왔다. 머나먼 타국에서 메시지를 보내는 이도 있고, 나도 모르는 경로를 통해 내 소식을 듣고 있던 이들도 있다. 나는 나도 모르게 오래전에 잊었다고 믿었던 그들과 함께한 시간들을 그리워하고 있었음을 깨달았다. 내가 자발적으로 만든 콘텐츠가 전혀 없어도 그들의 질문에 하나하나 대답하다 보면 저절로 내 페이스북이 굴러간다. 타인의 질문에 대한 간단한 리액션만으로 하나의 공간이 유지될 수 있다니, 정말 신기했다. 그래서 내 페이스북에 정작 내 소식은 없고, 내가 아는 타인들의 삶으로 북적거린다. 그 붐비는 타자성이, 그 복작대는 타인들의 소식이 반가운 요즘이다. 페이스북을 시작하면서, '그 사람하고 안 친해'라고 말하면서도 마음속 깊은 곳에서는 언제든 그 사람을 반가워할 준비가 되어 있던 내 안의 외로움을 만났다. 나의 페이스북처럼 내 삶도 타인들의 놀이터, 타인들의 또 다른 타인들의 흥겨운 놀이터가 되기를. 오르테가 이 가세트José Ortega y Gasset는 속삭인다. "은유는 신이 인간을 만들었을 때 그의 피조물의 몸속에다 깜빡 잊어버리고 놓아둔 창조의 도구처럼 보인다."

지름신은
콤플렉스 환자에게
해열제만 주신다

광고는 욕망의 트렌드를 전시하는 쇼케이스다. 최근 내 눈길을 사로잡은 광고는 바로 자녀사랑 교육보험이다. 아이들을 위한 보험에 어학연수나 유학비용이 포함된다는 이야기는 들었지만, 미래의 미용성형비용까지 포함된다는 소식은 금시초문이었다. 저 강력한 보험의 마수는 인간의 외모콤플렉스에까지 미치는구나 싶어 씁쓸해졌다. 게다가 현재의 콤플렉스도 아닌 미래의 콤플렉스가 보험대상이라니. 아직 생기지도 않은 콤플렉스까지 미리 예측해야 하는 사회가 오는 것인가.

자신의 콤플렉스를 차분히 살펴볼 기회도 없이 무조건 콤플렉스를 제거하기에만 급급한 사회다. 많은 사람들은 '콤플렉스를 어떻게 극복할 것인가'로 골머리를 앓는다. 하지만 콤플렉스가 꼭 나쁜 것만은 아니다. 콤플렉스는 우리의 감춰진 무의식과 만나는 중요한 통로다. 무엇보다도 콤플렉스는 자신에 대한 소중한 지식의 일종이다.

현대인은 주로 자신의 콤플렉스를 '소비'로 극복하려 한다. 명품에 집착하거나 성형 중독에 빠지는 현대인은 자신의 다양한 콤플렉스를 과시적 소비로 해결하려 한다. 경제학자 베블런Thorstein Bunde Veblen이 100여 년 전《유한계급론》에서 지적했던 과시적 소비는 이제 모든 계층에서 일상화되어버렸다. 소비 자체가 정체성을 표현하는 수단이 되어가는 사회에서, 콤플렉스와의 전투는 극단적 속물주의로 귀결되곤 한다.

인간의 결핍에 호소하는 소비의 형태는 매우 다양해져서 이제 '가상의 소비'조차 어엿한 소비의 모델이 되었다. 진짜 여행보다 여행기를 읽는 것이 간편하고, 진짜 사랑에 빠지는 것보다 로맨스영화를 보는 것이 덜 위험하다. 초호화 아파트를 당장 살 수 없으니 가상의 건축공간인 모델하우스를 시찰하고, 값비싼 자동차를 직접 사는 대신 인터넷에서 다양한 소비자들의 시승기를 보면서 대리만족을 하는 현대인. 사람들은 실재세계에서 진정한 만족을 느끼는 대신 가상의 소비에 만족하는 법까지 터득했다. 그러나 그 어떤 최첨단 소비도 또 다른 소비를 부를 뿐, 콤플렉스를 극복하는 근원적인 해결책이 될 수 없다.

콤플렉스는 자신을 바라보는 타인의 시선을 가상으로 설정한 후, 그렇게 날조된 타인의 시선으로 자신의 결점을 폭로하게 만든다. 별점을 주는 데 매우 인색한 가상의 타인을 만들어낸 후, 그 타인의 시선이 스스로를 향해 가혹한 평점을 내릴 때 콤플렉스는 탄생한다. 콤플렉스와 트라우마와 스트레스가 '트리오'로 활약하면, 그 파괴적 효과는 엄청나다.

현재의 콤플렉스가 과거의 트라우마와 손을 잡고, 트라우마가 현재의 스트레스로 인해 폭발함으로써 주체는 길을 잃게 된다. 콤플렉스 자체가 주체의 타자화인 셈이다. 내 눈이 아닌 타인의 시선으로 나를 평가하는 것이니. 콤플렉스의 응급처치로 '지름신'을 모실 때 문제는 한층 심각해진다. 콤플렉스를 소비로 극복하려 할수록 주체의 타자화는 가속화된다. 타인의 시선에 좀 더 만족스럽게 보이는 자신을 빚어내기 위해 화폐라는 외적 수단을 동원하는 것이다. 이렇게 자신의 뿌리를 자신의 '바깥'에 두는 한 인간은 결코 행복해질 수 없다.

유명 여배우가 자신의 콤플렉스는 '지나친 자신감'이라 고백한 적이 있는데, 이는 콤플렉스의 중요한 단면을 보여준다. 콤플렉스는 열등한 면뿐 아니라 우월한 면에도 작용한다. 자신의 탁월함에 대한 지나친 자부심도 콤플렉스의 일종인 것이다. 우월감 또한 열등감의 다른 버전일 뿐이다. 다른 사람을 '나보다 열등하다'고 느낌으로써 자신의 만족을 찾는 것이니. 어떤 대단한 장점도 행복으로 가는 만능열쇠가 되지는 못한다.

콤플렉스를 치유하는 데 사랑만큼 효과 빠른 명약은 없다. 사랑에 빠졌을 때는 그의 결점조차 아름다워 보이고, 결점 때문에 그가 오히려 더 사랑스러워 보이기도 한다. 누군가에게 사랑받고 있다는 자신감은 자신의 콤플렉스조차 다른 시선으로 바라보게 만든다. 콤플렉스는 사랑으로 인해 치유되기도 하지만 콤플렉스 자체가 사랑을 시험하는 리트머스지가 되기도 한다. 이게 사랑일까, 아닐까. 정말 사랑이라면, 그의 어떤 심각한 결점도 이미 시작된 내 사랑을 방해하지 못한다. 정말 사랑이라면, 나의 어떤 치명적인 콤플렉스도 사랑으로 인해 한껏 충만해진 나에게 감히 상처를 주지 못한다.

콤플렉스의 근원은 나의 삶과 남의 삶을 비교하는 것이다. 괴테는 말한다. 인생은 결국 자기 자신을 어떤 대상과 비교하느냐에 따라 완전히 달라지게 된다고. 나보다 더 돈 많고, 더 재능 있고, 더 성공한 사람들과 자신을 비교하는 지루한 서바이벌 게임을 잠시 멈춰보는 것이 어떨까. 이제 비교대상을 좀 더 쌈박하게 바꿔보는 것은 어떨까. 나는 오늘 내 인생의 새로운 비교대상을 찾았다. 기억 저편으로 사라진 나, 걸음마도 할 수 없던 갓난쟁이 시절의 나, 그리고 언젠가 생의 끝에서 만나게 될 나 자신의 쓸쓸한 뒷모습으로.

"우리가 조금만 타인의 신음 소리에 귀 기울인다면. 우리가 조금
만 '나의 상처'가 아닌 '세상의 상처'에 눈 돌릴 여유가 있다면."

음악은
언어라는 무기 없이도

　예전에는 왜 음악을 들으면 행복한지를 알지 못했다. '그냥 음악이 좋아서'라는 대답과 '음악은 아름다우니까'라는 대답 이상을 찾지 못했다. 나는 불현듯 아무런 계기도 없이, 혼자서 음악회에 갈 때가 있다. 그렇게 나도 모르는 열망에 이끌려 음악회에 다니면서 내가 몰랐던 나를 깨닫게 되었다. 나는 끊임없이 무언가를 생각하고, 설명하고, 확인하는 삶을 살고 있다. 그러나 음악은 그런 행동을 필요로 하지 않는다. 한번은 음악회에서 내가 도대체 무엇을 느끼는지 알아내기 위해 종이와 연필을 들고 음악을 들어본 적도 있었다. 그 계획은 보기 좋게 실패했다. 음악을 들을 때 무언가를 적으면, 그 생생한 음악의 현재성을 놓치고 또 다른 표상의 놀이에 마음을 빼앗기게 되니 말이다.

음악은 표현하지만, 꼭 '무언가'를 표현하지는 않는다. 음악은 스스로를 표현하지만, 표현의 강박으로부터 우리를 해방시켜준다. 바로 그것 때문에 나는 음악을 사랑하는 것이었다. 설명하지 않고, 설득하지 않고, 그저 나를 던지는 것. 언어가 '수영'이라면, 음악은 '바다'가 아닐까. 나는 언어로 헤엄쳐서 살아남지만, 내가 정말 사랑하는 것은 언어 자체가 아니라 언어로 이 광대한 존재의 바다를 헤엄칠 수 있다는 무한한 가능성이었다. 그러니까 언어라는 무기 없이도 말보다 더 많은 말을 하는 음악에 매혹될 수밖에 없었던 것이다. 계산하지 않고, 설명하지 않고, 영혼으로 직접 스며드는 음악에 빠질 수밖에 없었던 셈이다.

우리는 언어 때문에 위로받지만 언어 때문에 고통받는다. 무심코 던져진 수많은 타인의 말, 익명으로 정체성을 숨긴 수많은 네티즌의 발언, 심지어 자신이 던진 자신의 말에도 우리는 상처를 받는다. 언어는 화살표다. 반드시 어떤 것을 가리킨다. 가리켜서 아름답게 치장하기도 하지만, 가리켜서 처참하게 훼손하기도 한다. 음악은 이러한 날카로운 화살표로부터 자유롭다. 무언가를 구체적으로 가리키지도 않고, 애써 부정도 긍정도 하지 않는다. 음악의 힘은 불가피하게 언어를 쓸 수밖에 없는 인간들의 피로한 영혼을 치유해주는 것이 아닐까. 음악은 증명할 필요가 없다. 음악은 해명하거나 비난하거나 공격하지 않는다. 음악은 단지 존재를 감싸준다. 존재를 날카롭게 가리키지 않고, 존재를 부드럽게 쓰다듬어준다.

우리의 머릿속은 감당할 수 없는 생각의 뭉치들로 꽉 차 있다. 각종 '힐링' 콘셉트를 내세우는 프로그램들이 각광을 받는 이유도, 현대인의 머릿속이 한 번도 정리한 적 없는 도서관처럼 뒤죽박죽이기 때문일 것이다. 진정 마음을 치유하고자 한다면, 마음을 치유해야 한다는 강박조차 버려야 하지 않을까. 치유해야 한다는 의무감마저 잊고, 그저 마음에 조금씩 '빈 공간'을 만들어보는 생각 놀이를 해보는 것은 어떨까. 프랑스 작가 레옹 블루아Leon Bloy는 '고통'이 우리 마음속에 자리 잡는 과정을 이렇게 설명한다. "인간의 마음속에는 아직 존재하지 않는 공간이 있다. 그리고 고통이 안으로 들어가면서 그것이 존재할 수 있게 된다." 고통은 아직 존재하지 않는 마음의 빈 공간조차 잠식해버리는 무서운 장악력을 지닌 셈이다.

우리는 고통이 우리 마음속 빈 공간에 침입하여 우리 마음을 꽉 채우게 내버려두지 말아야 한다. 다른 생각, 다른 자유, 다른 삶이 우리 마음속으로 들어올 수 있도록, 사유의 빈 방을 만들어야 한다. 이런 마음의 빈 방 만들기가 생각처럼 쉽진 않다. 명상도 초보자에게는 쉬운 일이 아닌데, 이럴 때 가사 없는 클래식음악을 들으면 상당히 도움이 된다. 음악에 집중하다 보면 '음악이 좋다'는 생각조차 하지 않고 그냥 그 음률 속에, 리듬 속에 자신의 자아를 온전히 맡기게 되기 때문이다. 무엇을 생각한다는 생각조차 없어지기 때문이다.

고등학교 때 한 친구가 늘 고민을 끌어안고 사는 나에게 이런 충고를 해준 적이 있다. "언어로 생각하지 마", "언어에 휘둘리지 마." 멋진 말을 하는 사람만 보면 무턱대고 홀딱 반해버리는 나의 허영심을 건드리는 말이기도 했다. 그럼 언어로 생각하지 않으면 뭘로 생각하라는 거지? 생각해보면 우리는 언어 이전에도 생각을 했다. 언어를 모르는 아기들도 온몸으로 생각하지만, 어른들도 꿈속에서는 언어화하기 어려운 기괴하고 신비로운 이미지들을 끊임없이 공급받는다. 꿈이야말로 언어화되지 않는 사유의 야생적인 형태를 보여준다. 꿈속에서 우리는 좋다, 싫다, 옳다, 그르다, 아름답다, 추하다고 판단하지 않은 채 단지 비논리적인 사유의 흐름 속을 둥둥 떠다닐 수 있다. 스님들이 명상을 하듯 '아무것도 재현하지 않는' 사유 속에서 자기 안의 중심을 찾을 수는 없을까. 언어 아닌 사유의 좋은 점은 '판단'하지 않는다는 것이다. 온갖 판단과 결정, 상징과 은유에 지쳐버린 우리의 정신을 위해 '사유의 빈 방'을 만들어주는 것이 어떨까. 때로는 음악으로, 때로는 산책으로, 때로는 명상으로, 때로는 그저 꿈을 꾸는 것만으로. 나는 수많은 언어의 밧줄에 포박당한 나 자신에게 속삭인다. 언어를 사용하되 언어에 휘둘리지 말기를. 언어의 뗏목을 타고 세상을 건너가되, 언어로부터 자유로워지기를.

행복한 사람은
숨을 곳이 많은 사람

　　호모 사피엔스, 호모 폴리티쿠스, 호모 루덴스, 호모 파베르, 호모 모빌리쿠스……. 인간은 끊임없이 스스로를 다른 동물과 구별짓기 위해 '~하는 동물'이라고 자신을 규정한다. 이토록 인간의 정의가 자주 바뀌는 까닭은 변화무쌍한 인간의 본성을 한정된 언어의 틀로 가두는 일 자체가 불가능하기 때문일 터. 미셸 푸코Michel Foucault라면 한마디로 인간을 정의하라는 가혹한 요구에 이렇게 대답하지 않았을까. 인간은 '고백하는' 동물이라고. 태어나자마자 출생신고를 하고, 아플 때마다 환자차트를 쓰고, 여행갈 때는 여권으로 신분을 증명하고, 물건을 살 때마다 신용카드로 소비를 전시하고, 매일 컴퓨터에 로그인함으로써 신상정보를 노출하며, 일자리를 얻을 때는 생판 모르는 타인에게 이력서를 제출하여 자신의 인생사를 낱낱이 고해바치는 존재. 그것도 모자라 우리는 하루에 80회 이상 감시카메라에 자신의 모습을 버젓이 노출하는 어엿한 연기자들이 되었다. 자기가 누구인지 설명하기 위해 자기소개서를 쓰는 동물은 인간밖에 없지 않을까.

푸코의 《감시와 처벌》은 인간이 사회 속에서 '자아'를 구성하는 과정을 낱낱이 밝힌다. 푸코는 인간이 과학적 탐구의 대상이 된 것은 지극히 근대적인 현상임을 밝혀낸다. 국가의 인구조사야말로 전형적인 근대적 인간관리기술이다. 인간을 '계산 가능한' 존재로 계량화하는 것, 저마다의 차이를 다양한 기준으로 수량화하고 서열화함으로써 개개인을 통계의 자료로 격하시키는 권력. 이것이야말로 국가와 자본의 전매특허가 되었다. 말하자면 푸코는 우리를 '고백하게 만드는' 권력의 메커니즘을 연구한 셈이다. 그래서 국가와 자본이 가장 싫어하는 존재는 도무지 예측 불가능한 존재들, 직업이나 수입이나 성향을 계산할 수 없는 보헤미안적 존재들이다. 학교와 군대, 감옥과 병원이야말로 개개인의 계산 가능성을 보편화시킨 근대인의 발명품이다. 학교는 성적으로, 군대는 병력으로, 감옥은 처벌로, 병원은 질병에 대한 지식권력으로 인간을 통제하는 데 성공했다.

'당신은 누구다'라고 규정하는 모든 행위는 이런 계산 가능성의 오류를 예비한다. 누군가를 왕따라고 규정함으로써, 누군가를 '우울증 환자'로 판단함으로써, 사람들은 타인의 삶을 '대충 이럴 것이다'라고 예단한다. 공항검색대에서 몸수색을 당하는 순간 누구나 잠재적 테러리스트로 오인받는 것처럼, 누군가를 환자나 범죄자로 만드는 모든 권력은 '주체의 본성'이 아니라 '바라보는 자의 시선'에 달려 있다. 푸코는 이 시선의 권력을 파놉티콘Panopticon으로 설명했다. '보는 자'의 시선은 철저히 가려진 채 '보이는 자'의 일거수일투족이 일망감시장치로 투시되는 것. 소통을 위한 시선은 '주고받음'을 전제로 하지만 감시와 처벌을 위한 시선은 오직 '바라보는 자'의 일방적인 공격이다. 파놉티콘으로 감시당하는 죄수는 간수가 딴청을 피울 때조차도 '그가 나를 감시할지 모른다'는 생각 때문에 24시간 연기자가 되어야 한다.

인간을 감시하고 통제하는 모든 권력에 맞서 싸우기 위해서는 '나는 누구인가'를 규정하는 끈질긴 습속으로부터 해방되어야 하지 않을까. 푸코는 말한다. 과거의 나는 이미 존재하지 않으며, 존재하는 것은 언제나 새로운 나라고. 곧 '나는 누구이다'라고 설명하는 순간, 나는 이미 과거의 내가 아니기에 그 설명은 더는 유효하지 않다. '정상'과 '비정상'을 가르고, '광인'이나 '범인'을 격리시키는 권력 또한 의문에 부쳐져야 한다. 푸코는 말한다. 범죄가 개인을 사회로부터 소외시키는 것이 아니라, 오히려 사람들이 사회 속에서 이방인처럼 소외되어 있기 때문에 범죄가 발생한다고.

우리를 감시하는 갖가지 파놉티콘의 사각지대를 찾는 방법은 무엇일까. 행복한 사람은 이 모든 감시카메라를 피해 '숨을 곳'이 많은 사람이 아닐까. 푸코는《지식의 고고학》에서 '자아'의 유일한 진리는 오직 자아가 변신한다는 사실뿐이라고 했다. '당신은 누구인가'라고 묻는 것 자체가 누군가를 규정하고 구속하려는 권력이므로. "내가 누구인지 묻지 말라. 나에게 거기 그렇게 머물러 있으라고 요구하지도 말라. 이것이 나의 도덕이다. 이것이 내 신분증명서의 원칙이다." 푸코는 끊임없는 변신의 권리를 실천하는 것이 인간 해방의 비책秘策임을 알고 있었다. 저 수많은 인간의 정의 중 하나를 굳이 고르라면 나는 '호모 에로티쿠스'를 택하련다. 인간이 '다른 동물들처럼' 사랑할 수 있다는 것이 우리를 미소 짓게 만들지 않는가. 어떤 존재든 일단 사랑하기만 하면 간도 쓸개도 내줄 줄 아는 아름다운 광기가 있어, 인간은 '다른 동물들처럼' 아직 지구에 살아남은 것이 아닐까. 사랑의 그 끔찍한 계산 불가능성이야말로 결코 정의할 수 없는 인간의 소중한 공통분모가 아닐까.

마음속
셀프 아카데미

　요새 부쩍 '인문학이 왜 필요한가' 또는 '교양이 왜 필요한가'라는 질문을 많이 받는다. 그 질문이 내게는 '당신은 도대체 왜 사는가'처럼 대답하기 어려운 화두로 다가온다. 이런 상황에서 인문학은 교양과 거의 동의어로 사용되는 것 같다. 아무런 실용적 이점을 찾을 수 없는 인문학이 도대체 비전공자에게 어떤 의미가 있을까. 이 어려운 질문 앞에서 매번 쩔쩔매던 나는 최근 마음 깊은 곳에서 저절로 떠오르는 소박한 대답을 찾았다.

　인문학 또는 교양이 진정 누구에게나 필요하다면, 그것은 '타인에게 상처를 주지 않는 기술'을 터득하기 위해서라고. 내가 타인으로부터 '교양의 향기'를 느끼는 순간은 바로 그가 자신에게 아무런 이득이

"중요한 것은 '읽어 가지는 것'이 아니라 '퍼뜨려 나누는 것' 아닐까."

되지 않을 때조차도 타인을 극진히 배려하고 있다는 느낌을 받을 때다. 최고의 엘리트들이 타인에게 최상급의 고통을 선사할 때도 많고, 별다른 교육의 혜택을 받지 못한 이들이 누구보다도 타인을 행복하게 해줄 때도 많다. 상식퀴즈로도 학벌로도 독서량으로도 교양의 정확한 분량을 측정할 수 없다. 교양은 교육수준과는 전혀 상관없는 인식의 기쁨이다.

현대인은 교양 자체로부터 자연스레 샘솟는 기쁨을 느끼기보다는 '교양 없는 사람'이라는 평판을 피하는 데 더 많은 시간을 보내곤 한다. 토마스 만Thomas Mann의 소설 《토니오 크뢰거》는 교양 자체가 곧 스트레스가 되는 상황을 탁월하게 묘사한다. 주인공 토니오는 사교계 데뷔를 위한 춤동작을 배우면서 엄청난 중압감을 느낀다. 춤 하나 익히는 데 왜 이렇게 배울 것이 많은지. 생소한 프랑스어는 물론 화려한 에티켓을 선보여야 하며 뭇사람들의 부담스러운 시선까지 견뎌내야 한다. 그러느라 정작 '춤의 기쁨'은 전혀 느끼지 못한다. 자신이 남몰래 짝사랑하고 있는 소녀의 시선에 당황한 나머지 남성의 춤동작이 아닌 여성의 춤동작을 선보인 토니오의 실수 앞에서 좌중은 때아닌 웃음보를 터뜨리고 만다.

이렇듯 타인의 시선에 봉사하는 교양은 얼마나 고통스러운가. 토니오는 수많은 문화적 충돌의 접경지대에서 매번 흔들린다. 부유한 상인의 아들로 태어났기에 최고급 엘리트들과의 교제 기회가 활짝 열려 있지만, 그는 그런 집단적 교양의 인프라에 사육당하는 것보다는 혼자만의 내면 탐구에 빠져 글쓰기와 글 읽기에 탐닉하는 것을 좋아한다. 타인의 시선에 의존해야만 그 가치를 인정받는 허영의 교양시장에서 토니오는 탈출하고 싶다. 그는 소설책을 읽으며 혼자만의 슬픔에 빠지는 것이, 여러 사람들이 집단적으로 가공해낸 기쁨으로 가득한 사교계에 있는 것보다 훨씬 낫다고 느낀다. 이렇듯 진정한 교양은 타인의 시선이 아니라 자기 내부의 기쁨으로부터 시작되어야 하지 않을까.

교양은 학교나 사교계 같은 집단의 요구가 아닌 자기 내부의 열망으로부터 시작되는 마음속의 셀프 아카데미를 필요로 한다. '무엇을 암기할 것인가'가 아니라 그 방면의 지식이 '왜 필요한가'를 깨닫는 순간이 우리 안의 셀프 아카데미가 활짝 문을 여는 순간이다. 소개팅이나 면접시험에서 '쪽팔리지 않기' 위해서가 아니라 삶이 학문의 속삭임에 귀를 기울여야 할 순간을 포착하는 것이 중요하다. 학창 시절 역사 과목의 높은 점수보다 중요한 것은 역사 공부가 '도대체 왜' 필요한지를 스스로 깨닫는 순간의 희열이다. 음악시험에서 만점을 받는 것보다 중요한 것은, 소중한 사람이 슬픔에 빠졌을 때 마음을 어루만지는 음반 한 장을 내밀 줄 아는 센스가 아닐까.

우리들의 셀프 아카데미에서 또 하나의 필수 과목은 바로 '자아 탐구'다. 심리학자 카를 융Carl Gustav Jung은 이렇게 속삭인다. "당신이 가장 두려워하는 것을 찾아라. 진정한 성장은 그 순간부터 시작된다." 자신의 치명적인 콤플렉스나 아킬레스건을 마음 깊이 받아들인다면, 한 치 앞도 내다볼 수 없는 타인의 마음을 이해하는 길도 함께 열린다. 살아가면서 반드시 필요한 기술이지만, 학교에서는 쉽게 배울 수 없는 것들을 찾아보자.

예를 들면 실연당했을 때 슬픔을 견디는 법, 누군가를 증오할 때 그

분노를 극복하는 법, 사랑하는 사람이 세상을 떠났을 때 함께 울어줄 이를 찾는 법, 내가 이 세상을 떠날 때 진정 마음으로 울어줄 사람을 찾는 법. 이런 것들이 진짜 우리에게 필요한 교양이 아닐까. 교양은 액세서리도, 양념도, 인테리어 소품도 아니다. 교양이란 차라리 효모나 이스트를 닮은 것이 아닐까. 요리법에 따라 어떤 빵이나 과자가 될지 모르지만, 효모나 이스트가 없다면 향기로운 빵과 과자를 만들 수 없는 것처럼. 교양은 아직 완성된 요리가 아니지만, 우리의 삶이라는 소중한 빵을 구워내는 데 반드시 필요한 인식의 재료다. 교양의 마지 노선이 '타인의 마음을 아프지 않게 하는 기술'이라면 교양의 최고봉은 '자신의 기쁨을 곧 타인의 기쁨으로 만드는 기술'이 아닐까.

선은 넘어야 제맛,
금은 밟아야 제맛

금지를 선언할수록 오히려 유혹처럼 들리는 문장이 있다. 예컨대 화가 잔뜩 난 표정으로 "선을 넘었어You crossed the line"라고 선언하는 영화 속 주인공들을 보면, 난 마치 청개구리처럼 넘어선 안 될 바로 그 선을 기어이 넘고픈 충동을 느낀다.

그 미묘한 선들은 평소엔 눈에 띄지 않는다. 공과 사의 경계, 분노와 절제의 경계, 사랑과 집착의 경계, 가식과 진심의 경계까지도. 누군가 선을 그으며 '여기까지만 접근 가능해'라고 말하는 순간, 평소에는 존재조차 몰랐던 희미한 점선들이 문득 굵은 실선으로 탈바꿈한다. 하지만 정말 그 선들을 넘으면 안 되는 걸까. 이 경계선의 정당성은 과연 누가 정하는 걸까. 〈개그콘서트〉의 '애정남(애매한 것을 정해주는 남자)'의 매력은 바로 아무도 가르쳐주지 않는 그 미묘한 점선들의 경계를 문득 낯설게 만드는 것이다. 밥값은 누가 낼까, 누가 언제 사과할 것인가, 친한 친구와 보통 친구의 차이는 무엇일까, 외박의 기준은 무엇일까. 아, 우리는 무의식중에 이토록 수많은 선들을 부지런히 긋고 있었구나. 선을 넘는 것보다 일단 선을 긋는 것이 어렵구나.

때로는 행동의 선을 긋는 분별심보다도 그 선을 뛰어넘는 용기가 필요하다. 인생을 바꾸는 중요한 일들은 바로 그 보이지 않는 선을 넘어야만 해결된다. 특히 '첫'이라는 관형사가 붙는 대부분의 경험들이 선을 넘는 일이다. 첫인상, 첫사랑, 첫 단추, 첫 삽, 첫 월급, 심지어 첫 키스까지도. 우리는 최초의 선을 넘는 순간의 짜릿한 감동을 평생 잊지 못한다. 같은 선이지만 상황에 따라 더 강조되거나 축소되는 선도 있다. 예를 들어 프라이버시가 그렇다. 직장상사가 휴일까지 일을 시키려 한다면, 우리는 온 힘을 다해 프라이버시를 지키고 싶다. 하지만 친구가 매일 왕따와 구타에 시달리는데도, 옆집 소년이 매일 아버지에게 두들겨 맞는대도, 그걸 프라이버시랍시고 비밀에 부쳐야 할까. 프라이버시가 때로는 진정 나누어야 할 교감과 소통을 가로막을 때도 있다. 공과 사의 경계 또한 그렇다. 공과 사의 이중생활을 하느라 점점 지킬 박사와 하이드를 닮아가는 이들이 많은 요즘, 과연 공/사를 칼날같이 구별하느라 그토록 심각한 감정노동을 감수하는 일이 옳은 것일까.

캐스린 스토킷Kathryn Stockett의 소설 《헬프》는 바로 이 도저히 넘을 수 없을 듯한 선이 어느새 반드시 넘어야만 할 선으로 탈바꿈하는 기적을 그려낸다. 인종차별이 극심했던 1960년대 미국 미시시피. 작가

지망생 스키터는 가정부 아이빌린과 미니가 단지 흑인이라는 이유로 부당한 차별을 감내하는 것을 지켜보며 괴로워한다. 그녀의 절친 힐리가 유색인 전용 화장실을 집집마다 만들어 백인의 위생을 지켜야 한다고 주장하자 스키터는 폭발한다.

스키터는 아이빌린에게 은밀히 속삭인다. 현실을 바꿔볼 생각 없냐고. 당신들의 이야기를 소설로 출판한다면, 함께할 수 있냐고. 스키터는 가정부들의 파란만장한 라이프스토리를 타이핑하며 낯선 감동을 느낀다. 백인으로 태어나 항상 가정부를 끼고 살았던 그녀에게는 너무도 익숙한 '풍경'이었던 차별과 억압의 에피소드들을 막상 당사자의 증언으로 직접 들으니, 완전히 새로운 '고백'이 된다. 3인칭의 머나먼 풍경이 1인칭의 생생한 고백이 되는 순간. 흑인과 백인 사이에 놓인 굵은 실선은 희미해져버린다.

미니는 백인과 흑인 사이에 도저히 넘을 수 없는 선이 있다고 믿는다. 아이빌린은 속삭인다. 선은 처음부터 없었어. 사람들이 마치 처음부터 선이란 게 있는 것처럼 꾸며낸 거야. 붙박이가구처럼 곁에 붙어 있다가, 쓸모없어지면 헌신짝처럼 버려지던 가정부들의 마음에 이토록 아름다운 이야기가 숨어 있다니. 그들 사이에 존재한다 믿었던 선을 뛰어넘으니, 원래부터 그 선은 없었음이 밝혀졌다. '주어진 선'이라 믿은 것은 '날조된 선'이었던 것이다.

선을 넘는 것이 어렵고 힘든 일만은 아니다. 선을 넘는 것은 우선 갖가지 의무의 갑옷, 정해진 매뉴얼의 강박에서 벗어나는 일이기도 하다. 영화 〈이보다 더 좋을 순 없다〉에서 유달은 '내 것/남의 것'이라는 배타적 선 긋기를 통해 우아한 삶을 유지해왔다. 내 것이 아니라며 이웃집 강아지를 쓰레기통에 버리고, 외식 때마다 '유달 전용 포크'를 지참한다. 보도블록이나 욕실 타일의 금조차 밟지 못한다. 그는 한 여자를 사랑함으로써 '당신을 위해 더 좋은 사람이 되고 싶다'는 감정을 처음 느낀다. 그녀의 사랑을 얻은 날, 그는 처음으로 금을 밟는 순간의 해방감을 느낀다. 밟는 순간 큰일 날 줄 알았건만. 눈 질끈 감고 금을 밟으니 비로소 새로운 세계로 나아가는 해방의 출구가 열린다.

세상 곳곳에 설치된 각종 경계들은 억압의 지도임과 동시에 해방의 지도, 탈주의 지도다. 너무 위험해서 어쩌면 모든 걸 잃을지도 모르는 선을 넘는 순간. 기적은 시작된다. 선은 넘어야 제맛, 금은 밟아야 제맛이다. 모든 길에 뜻밖의 샛길이 있듯, 모든 경계에는 비밀스러운 틈새가 있다.

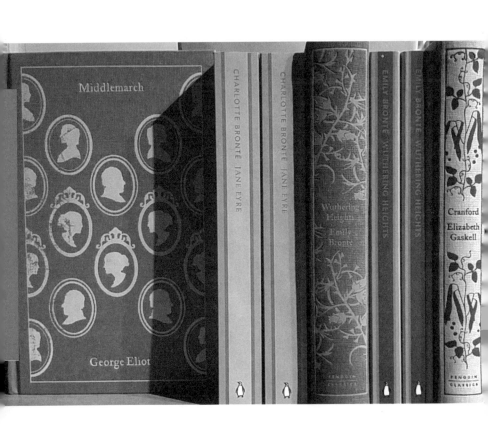

넷

우리가 서로의
보이지 않는
벗임을 잊지 말자

누군가 그에게
이름을 지어주었다면

프랑켄슈타인은 역사상 가장 끔찍한 '괴물'의 이름이 아니라 역사상 최초로 '아이를 낳은 남성'이 된 소설 속 인물이다. 프랑켄슈타인 박사는 오랜 연구 끝에 생명 탄생의 비밀을 밝혀내고, 시체를 조립하여 생명체를 탄생시키는 데 성공한다. 완벽한 아기를 꿈꿨던 프랑켄슈타인 박사는 자신이 창조한 생명체의 흉측한 외모에 놀라 그를 버리고 달아난다. 이후 창조주의 사랑을 꿈꾸는 '괴물'의 좌절된 구애는 점점 협박과 저주의 몸짓으로 변해간다. 메리 셸리Mary Wollstonecraft Shelley의 소설 《프랑켄슈타인》은 수많은 공포영화와 SF영화의 문화적 모태가 되었다. 괴물의 외모는 컴퓨터그래픽의 발달에 힘입어 점점 그럴싸하게 변모했고, 괴물의 술수는 날로 교활해졌다. 변하지 않는 것은 괴물의 창조주가 괴물을 끊임없이 증오한다는 것, 창조주의 욕심으로 만들어진 피조물에게 창조주 자신이 파멸당한다는 결말이다.

《프랑켄슈타인》이 다양한 버전으로 리메이크되면서 괴물의 잔혹성은 배가 되었고 인간의 공포는 극대화되었다. 하지만 괴물의 입장에서 본다면 어떨까. 태어나자마자 단지 외모 때문에 '아버지'에게 버려지고, 최소한의 애정이나 우정은 물론 아무런 교육과 문화의 혜택도 받을 수 없었던 괴물. 괴물은 소설 속에서 한 번도 제대로 된 이름으로 불려본 적이 없다. 그는 '그것'이나 '악마', 혹은 입에 담기 민망한 욕설로 호명된다. 누군가 그에게 이름을 지어주었다면, 괴물은 어떻게 되었을까. 괴물의 이름을 불러주고 그와 이야기를 나눠주었다면, 괴물은 끝까지 괴물이었을까.

프랑켄슈타인 박사는 괴물의 '외모'가 흉측하다는 이유만으로 태어나자마자 그를 버린다. 괴물이 악행을 일삼게 된 것은 아무도 그의 진솔한 고백을 들어주지 않았기 때문이다. 괴물과 마주친 자들은 그를 목격하자마자 냅다 도망치거나 다짜고짜 공격한다. 괴물의 겉모습을 볼 수 없었던 눈먼 노인만이 그의 대화 상대가 되어준다. 겉모습의 미추美醜에서 자유로운, 눈먼 노인에게만은 괴물의 '인간성'이 잠시나마 발휘된 것이다. 프랑켄슈타인 박사는 과학의 힘으로 괴물의 외형을 창조했을 뿐 괴물의 내면을 창조하진 않았다. '자식 겉 낳지 속 못 낳는다'는 속담처럼, 도무지 '속'을 알 수 없는 피조물의 자율성을 인정하지 못할 때 돌이킬 수 없는 참극이 일어난다.

《프랑켄슈타인》에서 괴물이 순전한 독학으로 언어를 습득하여 각종 학문과 예술의 달인이 되어가는 과정은 실로 감동적이다. 그는 '언어'를 배우면 인간과 소통할 수 있다는 가녀린 희망을 안고 문학과 역사와 철학을 공부하지만 그로 인해 더욱 뼈아픈 고독에 빠진다. 아무리 인간적인 지식을 습득해도 인간다운 외모를 습득할 수는 없기 때문이다. 그는 인간을 닮고 싶지만 인간이 될 수 없다는 사실에 절망한다. 동화 속 피노키오처럼, 영화 〈A.I.〉의 인공지능 로봇 소년처럼, 영화 〈아일랜드〉의 복제인간들처럼. 괴물의 소원은 딱 한 가지였다. "내가 원하는 것이 있습니다. 친구이자, 동료예요, 바로 여자예요." 그의 이야기를 들어주고 그를 사랑스럽게 바라봐줄 단 한 명의 타인이라도 있었다면, 그의 분노는 사랑으로 승화되지 않았을까.

괴물은 프랑켄슈타인 박사에게 소원을 말한다. 자신과 똑같이 생긴 '여자-괴물'을 만들어달라고. 그러나 겁에 질린 창조주 프랑켄슈타인 박사는 괴물의 암수가 번식하여 괴물들의 천국이 될 미래를 상상하고는, 괴물의 눈앞에서 '괴물의 짝'을 갈가리 찢어발기고 만다. 유일한 소망이 산산이 부서지는 순간, 그의 인내심이 바닥나고 내면까지 속속들이 '괴물'이 되어버린다. 인간과 괴물의 협상은 결렬되고, 소통은 영원히 단절된다.

오늘날 《프랑켄슈타인》은 인류가 창조한 첨단 문명의 디스토피아를 상징하는 존재가 되었다. '프랑켄푸드', 즉 프랑켄슈타인식품은 유전자 변형식품을 가리키는 별명이 되었고, 신의 영역을 침범했던 프랑켄슈타인의 위험천만한 모험은 복제인간의 위험을 경고하는 상징이 되었다. 그러나 '괴물'이 다시 태어나지 않도록 필사적으로 노력하는 것이 진정한 윤리일까. 오히려 '우리가 무엇을 괴물이라 부르는가'에 대한 성찰을 시작해야 하지 않을까. 무언가를 '비정상'이라 진단하고, '표준치'에 맞지 않는 모든 존재를 '괴물' 취급하는 공동체의 단죄는 옳은 것인가. 표준치를 넘어서는 존재에 대한 인간의 공포, 그 공포를 통해 우리는 무엇을 배제하고 억압하는 것일까.《프랑켄슈타인》의 부제는 바로 '현대판 프로메테우스'였다. 현대의 프로메테우스를 꿈꾸는 우리에게 결핍된 영혼의 비타민은 과연 무엇일까. 우리는 혹시 우리가 감당하지 못하는 난해한 대상을 '괴물'이라 낙인찍고는 '인간의 빛'이 닿지 않는 춥고 어두운 곳으로 추방시키지는 않았는가.

어른이 되기 위해
가차 없이 버려야 했던
가치들의 서글픈 목록

학창 시절 도무지 공부에 집중할 수 없을 때마다 남몰래 솔깃했던 광고가 있었다. 바로 '스파르타식 훈련'으로 수험생들의 스케줄을 관리하는 기숙사형 입시학원 광고였다. 기상부터 취침까지 24시간 전체를 타인의 훈육에 맡기겠다는 위험천만한 상상을 할 정도로, 나는 텔레비전 드라마와 라디오 DJ의 유혹에 약한 철부지 여고생이었다. 놀기 좋아하고 공부를 게을리하는 나의 신체를 스파르타식 훈련으로 철저히 개조해야 한다는 강박은 미취학 아동 시절에는 결코 가져본 적 없는 감정이었다. 어린 시절 우리는 24시간을 남의 통제 아래 맡기기에는 너무 '자율적인 스케줄'이 많지 않았는가. 별다른 장난감도 대단한 놀이기구도 없이 지치지도 않고 '놀 수 있는 능력'이야말로 어린 시절 우리에게 평등하게 주어진 재능이었다. 늘 하루가 턱없이 짧았고, 놀 시간은 매일 부족했으며, 내일을 걱정하기는커녕 매일 어김없이 다음날이 기다려졌다. 어린 시절엔 매일 실천했지만 지금은 엄두도 못 내는 행동 중 하나가 '아무개야, 노올자!' 하며 호기롭게 친구네 집 대문을 두드리던 기억이다. '아무개야 노올자'는 긴 하루 동안 지치지도 않고 신명나게 놀 수 있는 마법의 주문이었다.

제임스 매슈 배리James Matthew Barrie의 《피터팬》을 생각할 때마다 함께 떠오르는 추억은 바로 '아무개야 노올자'로 시작되던 하루다. 정해진 프로그램도 없이 자기들끼리 그저 좋아서 뉘엿뉘엿 해가 지는 줄도 모르고 놀이에 열중하던 천성이야말로 우리 모두가 한때 지녔던 천재성 아니었을까. 그렇게 가장 아이다운 매력을 잃지 않는 것이 피터팬이 지닌 일종의 초능력은 아니었는지. 피터팬은 기상천외한 흑마술로 무장한 마법사가 아니라 그저 어른들의 명령에 길들여지지 않는, 가장 아이다운 본성을 잃지 않은 천생 어린애였다. 피터팬은 24시간을 어떻게 체계적이고 실용적으로 관리할까 고민하지 않고, 지루함을 모르며, '미래'라는 낱말이 주는 공포 또한 모른다. 사실 피터팬은 부모에 대한 반항심으로 똘똘 뭉쳐 가출한 '문제아'였다. '우리 애가커서 무엇이 되면 좋을까'라는 주제로 갑론을박하는 부모의 이기적인속내를 눈치챈 피터는 부모로부터 일찌감치 도망쳐버렸고 다시는 집으로 돌아가지 않았다. 어린이를 '어린이답게' 길들이는 아동교육을받지 않은 피터는 자장가를 불러주는 엄마의 추억도, 옛날이야기를들려주는 엄마의 목소리도 알지 못한다. 자신이 미처 이루지 못한 꿈을 자식들에게 투사하는 어른들의 이기심을, 자기 뜻대로 아이를 조종하면서도 '그게 다 널 위해서'라고 주장하는 어른들의 표리부동을, 피터팬은 견딜 수 없었던 것이다.

《피터팬》에는 생각만으로도 하늘을 날 수 있는 동심의 기적뿐 아니라, 어른이 되어서야 비로소 온몸으로 이해할 수 있는 '생존의 비애'가 가득하다. 후크 선장이 결코 누군가의 남편이나 아버지가 될 수 없는 외롭고 상처 많은 영혼이라면, 웬디의 아버지 달링 씨는 세 아이를 먹여 살리기 위해 고군분투하는 가부장의 책임감으로 피터팬이나 네버랜드의 환상 따위는 비집고 들어갈 틈이 없는 인물이다. 달링 씨가 살아남기 위해 끊임없이 윗사람들에게 굽실거리는 속물이라면, 후크는 명문가 엘리트 출신답게 인문적 교양과 예술적 재능을 겸비했지만 세상을 향한 좌절과 분노에 시달리는 우울한 해적이다. 피터팬은 네버랜드에서 죽지 않고 영원히 사는 대신, 부모의 따스한 보살핌과 사랑, 여인과의 성숙한 사랑을 기대할 수 없다. 피터팬이 가질 수 없는 사랑 두 가지는 '모성애'와 '연애'였고, 그 두 가지야말로 '작은 인간'이었던 우리들을 진정한 '어른'으로 탈바꿈시키는 힘겨운 성숙의 문턱이었다.

위대한 해적 후크가 애송이 피터를 그토록 질투했던 이유는 피터에게는 '두려움'이라는 감정 자체가 없기 때문이었다. 시간을 모르기에 죽음조차 모르는 피터 앞에선 천하의 후크 선장도 기가 죽을 수밖에 없었다. 《피터팬》 이후 '성인'과 '아동'의 경계는 점점 견고해졌고, 어린이들을 타깃으로 한 각종 산업은 '나이에 맞게' 철저히 기획된 표준적 교육을 어린이들에게 강제 주입함으로써 근대사회의 탄생을 예고했다. 동화에서 에로틱하거나 폭력적인 내용을 삭제하는 검열과 왜

곡이 과연 어린이의 순수성을 보존하는 데 얼마나 도움이 될까. 금욕주의적이고 자기통제적인 아동교육은 과연 효과적으로 아이들의 '야생성'을 길들이는 데 성공했을까. 어떤 사물을 '얼마나 실용적인가' 혹은 '값이 얼마나 나가나'로 바라보지 않고, '이걸 장난감으로 갖고 놀면 얼마나 재미있을까', '이걸 내가 좋아하는 사람에게 주면 얼마나 좋아할까'라는 기준으로 바라봤던 어린 시절. 《피터팬》을 읽으면 우리가 기를 쓰고 '제대로 된 어른'이 되기 위해 가차 없이 버려야 했던 가치들의 서글픈 목록이 떠오른다.

'우리'와
'그들'

나를 사랑하라. 나를 가꾸라. 나에게 투자하라. 스스로의 행복을 위해서는 어떤 수고도 아끼지 말라. 이런 명령어들은 자본주의와 개인주의의 전략적 제휴를 상징하는 매우 근대적인 욕망을 함축한다. 자기 자신이 사랑의 대상이 될 수 있다는 것, 그 사랑의 방식이 곧 자신에게 화폐를 투자하는 것이라는 인식은 끊임없이 스스로를 '바람직한 자아'와 '뭔가 결핍된 자아'로 나누어 바라보게 만든다. 이 사랑에는 전혀 낭비라는 개념이 존재할 수 없다. 자아는 무한히 소중한 것이고, 자아를 위한 투자는 무한히 허용되기 때문이다. 그러나 이 사랑에 출구가 없다는 것, 자기를 향한 무한한 사랑이 그 어떤 타자도 용인하지 않는 억압적인 사랑이라는 것을 귀띔해주는 사람들은 많지 않다. 이

때 '내가 나를 사랑하는 게 뭐가 나빠?'라는 말은 정확히 '내가 내 돈 쓰겠다는데 뭐가 잘못이야?'라는 말과 등가다. 정말 내 돈 내가 쓰면 타인에게 아무런 해도 끼치지 않는 걸까. 우리는 법에만 저촉되지 않는다면 다른 사람에게 아무런 해도 끼치지 않은 선량하고 정의로운 존재일까.

조지 오웰George Orwell의 《동물농장》은 우리가 별생각 없이 쓰는 '우리'라는 개념, '나'라는 개념에 정면으로 도전하는 작품이다. 메이너 농장의 동물들은 '인간을 타도하라'는 구호 아래 집결하여 '인간의 동물 착취'를 끝장내려 한다. 단지 주어와 목적어의 자리를 살짝 바꾸는 것만으로 세계는 얼마나 다르게 보일 수 있는가. 동물에 대하여 늘 '주어'인 줄로만 알았던 인간은 《동물농장》에서 목적어, 대상, 타자가 된다. '인간을 타도하라', '모든 동물은 평등하다'는 구호 아래. 그러나 동물농장에서도 '우리'라는 개념은 어김없이 변질되고 만다. 농장 작업을 감독하는 돼지들은 스스로 귀족화하여 '인간처럼' 동물을 착취하는 존재가 된다. "모든 동물은 평등하다. 그러나 어떤 동물은 다른 동물보다 더욱 평등하다." '우리'라는 테두리가 '극소수의 상층계급'으로 변모함으로써 동물농장의 혁명 정신은 온데간데없이 사라지고 만다.

인간사회에서도 '우리'라는 테두리는 점점 좁아지고 있다. 여성가족부가 발표한 2010년 제2차 가족실태조사를 보면 응답자의 76.6%가 '친조부모는 가족이 아니다'라고 대답했다고 한다. 또한 2명 중 1명은 배우자의 부모를, 3명 중 2명은 배우자의 형제자매를 '우리 가족'으로 생각하지 않는다고 대답했다고 한다. 가족 이기주의를 앞다투어 비판하던 때가 엊그제 같은데 어느새 '가족조차' 보호의 대상에서 밀려나고 있는 것일까. 이것은 단지 핵가족화의 문제만이 아니라 '우리'라고 묶을 수 있는 경계를 점점 편협하게 바라보는 사회의 문제가 아닐까. 거창하게 인류나 삼라만상을 '우리'라고 규정하자는 것이 아니다. '우리'의 경계를 규정하는 기준이 과연 어떻게 만들어지는가를 생각해보자는 것이다. 언제부턴가 어른들은 바쁘다는 핑계로, 비용이 든다는 핑계로, 함께 사는 가족만이 '우리'의 울타리에 들어올 수 있다고, 내 한 몸 잘사는 것이 최고라고, '우리'의 테두리를 벗어나는 존재들은 신경 쓸 필요가 없다는 무언의 가르침을 전파해온 것은 아닐까. 은행에 부채가 없다고 해서 우리는 타인에게 빚을 지지 않은 것일까. 동물들이 구제역 파동 때마다 학살당하면서도 아무 말 없다고 해서 우리가 그들에게 아무런 죄도 짓지 않은 것일까.

　'우리'와 '그들'을 나누기 위해 '우리' 주변에 견고한 울타리를 치는 것이 아니라, 더 많은 그들을 '우리'에게 스며들게 하기 위해, 우리는 '나'와 '너'로서만이 아닌, 그 '사이'에 존재하는 법을 배워야 하지 않을까. 고 박완서 선생은 《한 말씀만 하소서》에서 다음과 같은 아름다운 문장을 남겼다. '나는 남에게 뭘 준 적이 없었다. 물질도 사랑도. 내가 아낌없이 물질과 사랑을 나눈 범위는 가족과 친척 중의 극히 일부와 소수의 친구에 국한돼 있었다. 그밖에 이웃이라 부를 수 있는 타인에게 나는 철저하게 무관심했다. 위선으로 사랑한 척한 적조차 없었다. 물론 남을 해친 적도 없다고 여기고 있었다. 모르고 잘못한 적은 있을지도 모르지만 의식하고 남에게 악을 행한 적이 없다는 자신감이 내가 신에게 겁먹지 않고 당당하게 대들 수 있는 유일한 도덕적

근거였다. 주지도 않고 받지도 않은, 타인에 대한 철저한 무관심이야 말로 크나큰 죄라는 것을, 그리하여 그 벌로 나누어도 나누어도 다함이 없는 태산 같은 고통을 받았음을, 나는 명료하게 깨달았다." '우리'의 경계를 어떻게 설정하느냐에 따라 우리 삶의 내용, 우리의 운명 자체가 결정된다. 가상세계에서는 유비쿼터스를 주장하면서도 실재 세계에서는 '감당할 수 있는 우리'의 범위를 어떻게 하면 좁힐까를 걱정하는 현대인들에게 '우리'는 단지 '책임감의 경계'가 아니라 '세계를 바라보는 창의 크기'가 아닐까.

아름답다,
아름답지 않다

    '다르다'를 곧잘 '틀리다'라고 말하는 잘못된 언어습관에는 집단적 무의식의 아킬레스건이 숨어 있다. 그냥 조금 다를 뿐인데, 왜 '틀리다'고 생각하는 걸까. 예컨대 파란색과 빨간색 사이에는 아무런 권력의 위계가 없지 않은가. 우리는 익숙하지 않은 존재를 향해 '다르다'가 아니라 '틀리다'고 규정해버리는 것이 아닐까. 그렇다면 문제는 다르기 때문에 틀려 보이는 대상이 아니라 어떤 것은 '익숙하다'고 느끼고, 어떤 것은 '익숙하지 않기에 불편하다'고 느끼는 우리 자신의 감각일 것이다. 이렇게 무의식에 깊숙이 각인된 '불편함' 중에서 가장 심각한 문제가 바로 '피부색'을 향한 부당한 차별이다. 피부색을 향한 정의롭지 못한 편견은 반드시 '다른 인종'을 향해서만 작동되는 것이 아니다. 같은 한국인이라도 가무잡잡한 피부를 가진 사람은 놀림감이 될 때가 있다. '더욱 새하얀' 피부를 향한 여성들의 갈망은 해마다 미백 화장품 업계의 매출을 쑥쑥 올려준다. 다름은 본질적으로 아무런 불편을 야기하지 않는다. 다름을 취급하는 주체의 시선이 '틀림'을 조작해낸다.

이토록 지독하게 보수적인 주체의 시선 중에서 가장 변화하기 힘든 것이 바로 미적 감각이다. 우리는 무엇을 '아름답다'고 느끼고, 무엇을 '아름답지 않다'고 느끼는가. 몇 년 전 아프리카 인디언의 유물을 전시해놓은 박물관을 찾았다가, 오랫동안 꼼꼼히 전시품을 감상하면서도 도무지 '아름답다'는 생각이 들지 않는 나 자신을 발견하고 소스라쳤던 적이 있다. 부끄러웠다. 나는 루브르나 메트로폴리탄박물관에서는 놀라움의 감탄사를 연발하면서, 지극히 '비서구적인' 아름다움 앞에서는 어떤 놀라움도 느끼지 못하는 것이었다. 그날 이후 심각하게 고민했다. 나 또한 '겉은 노랗고 속은 하얀 바나나'가 아닐까. 또한 내가 그토록 혐오하던 오리엔탈리즘조차 결코 쉽게 비판할 수 없는 것임을 깨달았다. 오리엔탈리즘은 단지 '서구인이 동양을 타자화한다'는 문제만이 아니라 우리 안의 '동양적인 것'에 대한 열등감에도 적용되는 것이었다. 즉 동양적인 것, 비서구적인 것이 '뭔가 서양에 뒤떨어진다'는 감각, 혹은 '서구적인 것'과 '동양적인 것'이 따로 있다는 견고한 환상이야말로 우리의 미감을 여전히 지배하고 있는 것은 아닐까.

이런 고민에 빠져 있는 동안 데리다를 다시 만났다. 어렵고 머리 아프기만 했던 데리다의 글은 이제 조금씩 내 고민에 '유쾌한 시비'

를 걸어주고 있었다. 예를 들어 '이상적 아름다움'을 생각하는 순간, 우리는 아름다움의 '내부'와 '외부'를 나누게 된다는 것이다. '미'라는 개념을 상정하는 순간, 그 개념의 울타리는 주체의 시선에 아름답게 비춰지지 않는 모든 것들을 배제할 수밖에 없다. 그러므로 '순수한 아름다움'을 생각할 때, 아름다움보다도 더 문제적인 것은 '순수한'이라는 형용사다. '순수' 자체가 불순물을 배제하는 개념이기 때문이다. 예컨대 데리다는 '마약과의 전쟁'에서 이상적인 신체, 완벽한 신체를 재구축하고자 하는 열망을 발견한다. 순수한 아름다움, 기원적 아름다움이 존재할 수 없듯이, 순수한 육체, 오염되지 않은 신체는 존재하지 않는다. '흰색은 흰색이다'라고 주장하는 인종주의적 어법에는 '희지 않은 것', '덜 하얀 것'을 평가절하하는 폭력이 작동하듯이. 이상적 아름다움이란 존재하지 않는다. 단지 〈밀로의 비너스〉나 다빈치의 〈모나리자〉를 보고 '완벽하다'고 느끼도록 훈육된 주체의 '시선'이 존재할 뿐이다. 순수한 미가 존재하지 않듯, 순수한 남성성과 여성성, 순수한 민족, 순수한 그 무엇도 존재하지 않는다.

　개념의 울타리를 치지 않고, 관용의 한계를 정하지 않고, 정체성의 그물에 걸리지 않고, 타인을 맞이하는 길은 어디 있을까. 데리다는 그 아름다운 철학의 열쇠를 '무조건적인 환대'라 이름 붙인다. 무조건적인 환대란 당신이 타자, 새로 온 사람, 손님에게 어떤 답례도 요구하지 않는 것, 심지어 그의 신원조차 확인하지 않는 것을 의미한다고. 그것은 당신의 공간, 당신의 가정, 당신의 나라에 대한 지배력을 포기하는 기술이라고. 타자의 무한한 돌발성, 느닷없는 침입에 대해 완전히 마음을 개방한다는 것이 가능할까. 그의 이름과 직업은 물론 국적조차도 묻지 않고? 그가 끔찍한 범죄를 저지를지도 모르는데? 데리다는 '그렇다'고 말한다. 무조건적인 환대는 잘 차려놓은 식탁 위에 엄선된 손님을 앉히는 '초대'와는 전혀 무관하다. 아직은 불가능하더라도, 일단 타자를 향한 '무한한 환대'를 상상하는 일만으로도 가슴 한편의 단단한 벽이 조금씩 허물어지는 것 같다. 각종 '포비아Phobia(혐오증)'가 난무하는 이 시대에, 우리는 타인의 무한한 타자성이 나를 침범할 가능성에 대해, '준비되어 있지 않을 준비'를 해야 하지 않을까.

사랑이란
탈을 쓴
증오의 잔인함

'안티팬'이라는 단어에는 '사랑과 증오의 양가감정'이라는 심오한 인간 감정의 비밀이 녹아 있는 것 같다. '안티'라는 부정적 감정과 '팬'이라는 긍정적 감정이 한 단어에 나란히 녹아 있는 기이한 모순. 그 속에는 지나친 사랑과 지나친 증오의 본질적인 친밀성이 드러난다. '나는 너를 사랑하지 않으면 안 된다'는 강박 속에는 '네가 조금이라도 맘에 들지 않으면 언제든 널 짓밟을 수 있다'는 협박이 숨어 있다. 안티팬이 무서운 이유는 '현재의 팬'이 언제든 '미래의 안티'가 될수 있는 가능성을 내포하기 때문이다. '나는 누구의 안티팬이야'라고 말하는 순간, 그는 스스로 치명적 콤플렉스를 드러낸다. '내가 무엇을 싫어하는가'를 누설함으로써, 내가 무엇이 결핍된 인간인지를 폭로하는 것이다. 현대사회에서 안티팬 커뮤니티가 급증하는 까닭은 사람들의 일상적 분노가 필사적으로 그 배설의 창구를 찾기 때문이다. 분노에 사로잡힌 인간은 분노의 원인을 밝히기보다는 일단 자신의 분노를 타인의 탓으로 돌리는 데서 안정감을 얻는다.

켜켜이 쌓인 분노는 집요하게 비난의 대상을 찾는다. 분노의 근본 원인을 밝혀내지 못하는 무지, 그리고 분노와 정면으로 맞서지 못하는 비굴함이 만나, '위험한 타자'를 발명해내는 것이 아닐까. 뿌리 깊은 증오의 대상과 원인을 밝히는 것은 곧 자아의 결핍, 주체의 빈곤을 해명하는 지름길이 된다. 타인에 대한 경멸을 입에 담는 순간, 당신은 당신의 초라한 자아를, 남을 낮춰야만 간신히 자신을 높일 수 있는 결핍으로 얼룩진 자아를 드러낸다. 모든 증오표현은 호가호위狐假虎威다. 증오표현은 '나는 당신보다 우월한 집단에 속한다'는 전제에서 우러나오기 때문이다. 증오표현은 '나보다 더 큰 집단의 권위'에 호소함으로써, '우리는 너희보다 우월하다'는 그릇된 환상을 인증받고자 한다.

데릭 젠슨Derrick Jensen의 《거짓된 진실》은 계급·인종·젠더를 관통하는 증오의 문화를 탐색한다. 그는 특정한 인간을 괴롭히는 린치의 본질을, 단지 한 인간의 살해가 아니라 어떤 계급에 속한 구성원의 살해임을 강조한다. '용광로'나 '샐러드 그릇' 같은 공존의 상징들은 위선적이다. 다인종사회의 융합을 상징하는 용광로는 사실 '누가 녹는가?'라는 질문을 은폐하는 지배의 또 다른 전략이다. 샐러드 그릇이라는 비유도 마찬가지다. 이 모든 다양성들이 '소화'되었을 때 그 다양한 몸과 영혼을 소화, 흡수해서 이익을 보는 자들이 진정 누구인지를 물어야 한다. 용광로는 쉽게 통합되거나 복속되지 않는 것, 즉 '녹지 않는 것들'에 대한 증오를 함축한다. 샐러드는 한 가지 요리에 '섞이지 않는 것들'에 대한 분노를 함축한다. '다문화가정'이라는 말도, '다문화'라는 레터르Letter 자체가 차별의 표적을 만들 수 있다는 점에서 용광로나 샐러드 그릇처럼 지배와 차별을 은폐하는 완곡어법이 아닐까. 다문화가정은 없다. 오직 그 어떤 수식어도 필요하지 않은, '가족' 자체가 있을 뿐. 다문화가정이라는 명명 뒤에는 '단일민족국가'라는 폭력적 환상이 꿈틀거리고 있는 것이다.

셰익스피어William Shakespeare의 《베니스의 상인》에는 유대인을 향한 뿌리 깊은 증오의 흔적이 각인되어 있다. 샤일록에게 돈을 갚지 못했다는 이유로 생살 1파운드를 떼어줄지도 모르는 안토니오에 대한 연민에 가려, 단지 유대인 고리대금업자라는 이유만으로 박해당해온 샤일록의 분노는 은폐된다. 샤일록은 유대인이라는 이유만으로 증오의 대상이 된 것이다. 샤일록은 물론 잔인하다. 하지만 화해와 관용을 강조하는 기독교인들이 샤일록에게 온갖 모욕을 주고 결국 기독교도로 강제 개종시키는 것은 더 잔인하지 않은가. 강제 개종은 상대의 인격과 정체성을 부정하는 최고의 증오범죄 아닌가. '살아 있는 네 몸에서 살 1파운드를 도려내라'는 협박에는, 생살 1파운드라는 '부분'과 인간의 몸 '전체'를 분리할 수 없듯이, 샤일록이라는 한 명의 유대인도 그동안 학대받고 차별받아온 유대인 전체와 분리할 수 없다는 메시지가 숨어 있는 것은 아닐까.

강력한 인종차별주의자들의 메카, KKK단의 문서에는 이런 말이 있다고 한다. "우리는 증오집단이라기보다는 오히려 사랑집단이다. 우리는 미국을 사랑하고 우리나라 사람들을 사랑하기 때문에, 우리는 사랑집단이다"라고. 내 것, 우리 것에 대한 지나친 사랑이 저들, 남의 것에 대한 심각한 증오를 낳는 극적인 순간이다. 사진작가 앙리 카르티에 브레송Henri Cartier-Bresson의 말처럼, 우리는 빛이 없을 때라도 빛을 존중해야 하지 않을까. 사람들은 '유대인의 어둠'을 잡아내느라 혈안이 되어 '샤일록이라는 개인의 빛'을 바라보는 데 실패한 것이 아닐까. 우리가 '여긴 빛이 들지 않는 곳'이라 판단할 때, 실은 정말 빛이 없는 것이 아니라 우리의 규격화한 눈에 잘 보이지 않는 빛이 숨어 있을 것만 같다. 그 보이지 않는 빛을 보는 혜안, 그것이 우리 안에 내재된 편견의 어둠을 떨쳐내는 길이 아닐까. 가장 위험한 증오는 바로 사랑에서 우러나온다.

정의는
팀플레이로 완성된다

　누구도 진정한 내 편이 아니라는 생각 때문에, 홀로 불의와 싸우는 사람들이 늘어가고 있다. 개인의 사적 복수가 허용되지 않는 사회에서, 사람들은 점점 '나를 위해 싸울 사람은 나밖에 없다'는 고립감에 빠지고 있는 것이다. 세상이 나를 구해주지 않으니, 내가 직접 나서 나를 구하는 수밖에 없어지는 상황들. 하지만 이 험난한 길의 끝자락에는 더 큰 위험이 기다리고 있거나 뼈아픈 비극이 도사리고 있게 마련이다. 영화 〈아저씨〉나 〈마더〉보다 〈부러진 화살〉이나 〈도가니〉가 훨씬 희망적인 이유는, 아직은 우리가 '혼자'가 아니라는 것, 불의와 싸울 때 함께해줄 동지가 있다는 것을 발견하는 이야기이기 때문일 것이다. 최후의 수단으로서의 사적 복수를 넘어서서, 어떻게든 '나의 복수'를 '우리들의 정의'로 바꾸려는 노력이 더욱 절실한 요즘이다. 배트맨시리즈의 완결판 〈다크 나이트 라이즈〉를 보면서, 나는 배트맨이야말로 '사적 복수심'을 '공동체의 정의감'으로 승화한 아름다운 영웅임을 깨닫게 되었다.

배트맨이 되기 전, 브루스 웨인은 어린 시절 부모님이 강도의 총에 맞아 눈앞에서 사망하는 끔찍한 비극을 겪었다. 그 후로 그의 머릿속을 사로잡은 것은 오직 처절한 복수뿐이었다. 그러나 그는 복수의 의지가 얼마나 쉽게 광기로 치달을 수 있는지를 깨닫고, '나보다 더 아픈 타인들'의 삶에 시선을 돌리게 된다. 그는 각종 부정부패와 테러 위험으로 얼룩진 고담시의 시민들을 구하기 위해 배트맨이 된다. 배트맨의 진짜 매력은 화려한 박쥐의상이나 전천후 자동차에 있는 것이 아니라, 그가 정의를 실현하기 위해 '타인의 동의를 얻는 방식'이었다. 배트맨은 세상에 대한 맹목적인 복수심에 빠져 있는 캣우먼을 설득하고, 세상에 대한 불신과 우울증에 빠져 있는 경관 고든을 설득하고, 세상이 자신을 버렸다고 믿는 고아 출신 경찰관 존을 설득하며, 마침내 '우리 힘으로는 이 세상을 도저히 구할 수 없다'는 절망에 빠진 고담시 시민들을 설득한다.

그는 자신이 '가진 것'으로 대중 위에 군림하는 것이 아니라, 자신이 '가지지 못한 것(정의로운 세상)'을 우리가 '함께한다면' 가질 수 있다는 믿음으로 타인에게 다가선다. 그리하여 〈다크 나이트 라이즈〉에서 배트맨은 '신화 속의 위대한 영웅'을 넘어 '소설 속의 문제적 개인'이 된다. 배트맨은 신화 속의 아킬레스처럼 넘치는 힘과 용기만으로 영웅이 될 수 없었다. 배트맨은 낙담하고, 우울증에 빠지고, 버려짐으로써, 사회와 개인 사이의 넘을 수 없는 장벽을 온몸으로 증언하는 문제적 개인이기에 슈퍼맨의 초인적 완력보다 훨씬 인간적인 감동을 주는 것이 아닐까. 그는 개인의 복수심을 공동체의 정의로 승화함으로써, 자기뿐 아니라 공동체 전체를 구한 것이다.

현대사회에서는 개인의 사적인 복수가 엄격히 금지되어 있다. 법의 목표는 '무조건 복수를 하지 말라'는 것이 아니라, 사적 복수를 공적 제도를 통해 이성적으로 길들이는 데 있다. 그러나 이 과정이 평범한 사람들에게는 너무도 고통스럽다. 법을 '우리 편'으로 만드는 데까지 드는 시간과 비용을 도저히 감당할 수 없는 사람들이 훨씬 많기 때문이다. 옛사람들은 이 문제를 어떻게 해결했을까. 흥미롭게도 조선 시대에는 의살義殺, 즉 의로운 살인이 권장되었다. 비록 개인적 복수일지라도 대의명분을 인정받으면 오히려 의로운 살인으로 여겨진 것이다. 예컨대 부모를 죽인 원수에 대한 보복살인은 대부분 정상참작이 되었다. 더욱 흥미로운 것은 복수를 꿈꾸는 당사자가 아닌 제3자의 의살도 허용되었다는 것이다. 정조 시대 김세휘라는 사람이 어린 소녀를 강간한 범인을 사사로이 죽인 일이 있었는데, 정약용은 《흠흠신서》에서 김세휘야말로 '죽여야 할 자를 죽인' 의인이라 칭찬한다. 이렇듯 불의 앞에서 분노할 줄 아는 백성을 양성하는 일이야말로 통치의 숨은 근간이기도 했다. 그러나 정약용은 '의살'의 범위를 엄격히 제한함으로써 살인의 의로운 명분을 모두 충족시킬 수 있는 사람은 극소수임을 인정했다. 또한 자신에게 모욕을 준 사람에게 복수하기 위해 감행하는 '공격적 자살'이야말로 공동체를 위협하는 위험한 욕망임을 직시했다. 이렇듯 개인의 정의가 공공의 정의와 합치

되는 것은 옛사람들에게도 커다란 난제였던 것이다.

오늘날처럼 국가의 힘이 강력해지고, 사회의 통치시스템이 거대해진 상황에서는 '정당한 복수'나 '의로운 살인'이라는 개념이 더욱 동의를 얻기 어렵게 되었다. 이런 상황에서 우리가 할 수 있는 일은 무엇일까. 어떻게 사적인 복수를 공동체적 정의로 바꿀 수 있을까. 그것은 바로 '타인의 공감'을 얻을 수 있는 정의의 목소리를 더욱 정교하게 가다듬는 일이 아닐까. 이를 위해서는 원한의 엄격한 절제가 필요하다. 아무리 슬프고 분해도, 분노의 에너지를 공감의 에너지로 바꾸는 '이성'이 절실하다. 위급할 때 발휘되는 이성이야말로 최고의 지성을 필요로 한다. 그리하여 정의는 슈퍼히어로의 원맨쇼가 아니라 철저한 팀플레이로 완성된다. 가장 멋진 복수는 '적들이 흘린 피'의 질량이 아니라 사건과 관계없는 '제3자가 흘린 뜨거운 공감의 눈물'로 완성되는 것이 아닐까.

아무리
적자생존이라지만

서바이벌, 스파르타, 무한경쟁, 약육강식, 적자생존. 먼 훗날 후손들이 2015년 대한민국의 타임캡슐을 개봉한다면 가장 많이 발견하게 될 단어들이 아닐까? 저마다 생존을 위한 무한경쟁을 정당화하면서, 좀 더 자극적이고, 좀 더 격렬하고, 좀 더 절박한 것들만이 눈길을 끈다.

주입식 교육을 조장하는 객관식 시험을 바꿔놓는다더니, 이젠 전인 교육을 빙자한 럭셔리 사교육시장이 활개를 친다. 투우 경기의 잔혹함과 로마 원형경기장의 광기는 이제 텔레비전 채널 곳곳에서 서바이벌 오디션의 형태로 부활했다. 그러나 아무리 적자생존이라지만, 정작 그 '적자'의 정체를 아무도 확신할 수 없다는 것이 진화론의 무시무시한 비밀 아닐까. 그것이 우리가 자연 앞에서 함부로 잘난 척할 수

"우리 마음의 진화단계를
가장 잘 보여줄 수 있는
우리 각자의 내면의 보물은
무엇일까."

없는 이유이기도 하다. 게다가 우승열패·적자생존 담론의 원흉으로 지목되는 다윈Charles Robert Darwin은 정작 이런 식의 사회진화론에 찬성하지 않았다.

다윈의 《종의 기원》만큼 뭇사람들의 오해를 받아온 저서도 드물다. 다윈은 곳곳에서 정반대의 의미로 해석되었다. 다윈의 진화론은 적자생존의 학설로서 강대국의 식민지 지배 정당화에 이용되기도 했고, 반대로 피식민지에서는 진보의 희망, 해방의 이데올로기로 활용되었다. 이런 심각한 오해는 '진화=진보'라는 잘못된 인식에서 발생한다. 자연의 진화는 인간사회의 진보와는 다르며, 진화 자체가 정해진 목적을 가지지도 않는다.

무한경쟁을 통한 진보라는 환상과 결별해야 진화론의 진면목과 만날 수 있다. 진화의 기준이나 목적 자체가 유동적이기에, 좋은 진화나 나쁜 진화, 덜떨어진 진화와 더 나은 진화를 구분할 수는 없다. 다윈은 그 자체로 강력하고 고등한 종은 존재하지 않는다고 봤다. 적자생존에서 적자는 그때그때 환경과 우연에 따라 결정될 뿐 정해진 우열은 존재하지 않는다. 하등생물임에도 불구하고 꿋꿋이 살아남는 생물이 무수히 존재하고, 고등하기 때문에 오히려 멸종하는 동물도 있다. 자연선택설 또한 '자연이 선택한다'는 주술관계로만 이해될 순 없다. 자연이 선택한다는 것은 일종의 비유다. 여기서 자연은 예정된 계획, 절대적 힘이 아니라, 하나의 힘으로 정리될 수 없는 복잡다단한 요인들이 상호작용하는 우연한 상관관계다.

다윈은 《인간의 유래》에서 뿌리 깊은 육체적 본능이 아니라 높은 수준의 윤리적 기준이 인간 진보에 결정적 영향을 끼친다고 말한다.

항상 전쟁의 선두에 서고 남을 위해 기꺼이 위험을 감수하는 용감한 이들은 그렇지 않은 이들보다 훨씬 많이 죽겠지만, 그들은 개인의 유전자를 희생함으로써 부족 전체의 성공을 이끄는 사람들이라고, 그것이 인간세계의 자연선택이라고. 즉 인간의 자연선택은 완력이나 권력이 아니라 종족 전체를 사유하는 마음의 크기, 집단을 생각하는 지혜의 크기에 달려 있다는 것이다.

다윈이 유독 인간의 자연선택에 대해 도덕이나 교육 같은 유전자로 계승되지 않는, 후천적 형질에 집착한 것은 명백한 오류였다. 그러나 그 오류야말로 다윈의 사상을 유전자 결정론에 빠지지 않게 만든 아름다운 실수가 아닐까. 우연과 카오스로 가득한 생물의 진화를 인정하면서, 진화만으로는 감당할 수 없는 사회의 치명적인 갈등을 진보를 향한 믿음과 실천으로, 교육과 도덕이라는 '유전자 아닌 유전자'로 극복해야 한다는, 과학을 넘어선 과학의 목소리가 아니었을까. 현대인들이 무한경쟁의 원조로 숭배하는 스파르타는 정작 전쟁이 끝났을 때 심각한 아노미 상태를 겪은 뒤 결국 몰락하고 말았다. 전쟁의 기술을 고안하느라 삶의 기술을 개발하는 일에 소홀했기 때문이다. 습격의 기술에만 도통한 스파르타인들은 정작 평화 시에 '어떻게 살 것인가'라는 실존적 질문 앞에서 속수무책이었다. 삶이 사라진 자리에 생존만이 남는다면, 우리 또한 스파르타인들처럼 전쟁의 도구로 전락하지 않을까.

먼 훗날 후손들이 2015년의 타임캡슐을 열었을 때, '우승열패·적자생존밖에 모르는 스파르타의 자발적 후예들'이라는 감식 결과가 나오지는 않기를. 인류학자 로렌 아이슬리Loren Corey Eiseley는 말한다. 어느 문명이든 어느 시대든 자연이 힘겹게 운행해온 진화의 모든 운행 과정을 헝클어버리는 장난꾸러기 트릭스터Trickster가 있게 마련이라고. 우리 안에 숨은 트릭스터들이 이 숨 막히는 진화의 급행열차를 잠시 멈추게 하고, 진화의 선로를 불현듯 변경시키면서, 우리가 가는 길이 정말 옳은 길인가를 질문할 수 있게 하기를. 인류문명이 타임캡슐에 담긴다면, 거기에는 각자의 물건 중 딱 한 가지만을 넣을 수 있다면, 당신은 무엇을 넣고 싶은가. 우리의 생물학적 진화만큼이나 중요한 것은, 유전자로만은 설명하기 어려운 마음의 진화가 아닐까. 우리 마음의 진화단계를 가장 잘 보여줄 수 있는 우리 각자의 내면의 보물은 무엇일까.

우리가 질문하기를
멈추는 순간

    어린 시절 가장 이해하기 힘든 어른들의 말버릇 중 하나는 '법대로 하자'였다. 말 그대로 풀이하자면 전혀 나쁜 뜻이 아닌데, '법대로 하자'는 표현이 실제로 등장하는 순간 어른들의 표정은 하나같이 험악해졌기 때문이다. 머리가 굵고 나서야 '법대로 하자'는 말은 정의와 상식이 통하지 않을 때 빼어드는 '나쁜 히든카드'임을 알게 되었다. 쌍방의 갈등이 '법'의 문제가 되는 순간, '정의란 무엇인가'는 뒷전이 되어버리고 '누구의 힘이 더 센가' 하는 주도권 다툼이 발생한다. 법을 쥐락펴락하는 이들이 정의가 아닌 편의의 손을 들어줄 때, '법대로 하자'는 엄포는 '힘의 서열을 매겨보자'는 협박으로 바뀌는 것이다. 바야흐로 '법은 멀고 주먹은 가까운 시대'를 지나 이제는 '법이 주먹

처럼 사용되는 시대'가 온 것 같다. 그러나 정말 법대로 했을 때 인간은 행복해질 수 있을까.

토머스 모어Thomas More의 《유토피아》는 좀 더 나은 세상을 만들기 위해 제정된 법이 정의의 손이 아닌 강자의 손을 들어주고 있는 현상을 비판한다. 절도범에게 교수형이라는 엄중한 처벌이 가해지는데도 절도범이 좀처럼 줄어들지 않는 현상에 대해 히슬로다에우스는 말한다. "세상 그 어떤 형벌로도 도둑질을 막을 수는 없습니다. 만약 도둑질이 먹을 것을 얻는 유일한 방법인 경우라면 말이지요", "어떤 사람이 돈을 훔쳤다 해서 사람의 생명을 빼앗는 것은 전혀 공정하지 않습니다. 재산의 가치가 생명과 같을 수는 없습니다." 히슬로다에우스는 '도둑을 벌하는 사회'가 아니라 '도둑을 만들어내는 사회'가 이 문제의 진범임을 간파한다. 굶주린 가족을 먹일 방법이 오직 도둑질밖에 남지 않는 지경이 되도록, 사회는 과연 무엇을 했는가. 도둑의 처벌문제로 시작된 토머스 모어와 히슬로다에우스의 토론은 결국 사유재산의 문제로까지 확장된다. "사유재산이 존재하는 한 대다수의, 아니 절대다수의 인류가 불가피하게 빈곤과 고난과 근심이라는 무거운 짐 아래에서 계속 고통을 겪을 것입니다."

'유토피아'의 시민이었던 히슬로다에우스는 토머스 모어에게 유토피아의 새로운 삶의 방식을 이야기해준다. 유토피아에는 계급이 존재하지 않기에 높은 계급에 대한 외경심 자체가 존재하지 않는다. 유토피아에서는 보석이나 금붙이를 '아이들이나 갖고 노는 장난감'으로 치부하기에 철이 들면 자연히 보석과 금붙이를 멀리하게 된다. 사람들은 하루에 평등하게 6시간만 일하면 필요한 재화를 풍족하게 얻을 수 있고, 그 이외의 시간에는 온전히 자발적인 자기계발에 충실할 수 있다. 유토피아에서는 지극히 단순한 정의와 상식에 호소하는 극소수의 법률만이 존재하기에 모든 사람들이 법률전문가다. 유토피아에서는 변호사의 화려한 법률지식과 능수능란한 사업수완을 자랑하는 교묘한 법리 해석이 아니라, 누구나 이해할 수 있는 가장 단순한 법적 해석이 가장 올바른 해석이다. 유토피아의 성공비결은 인간의 자만심이나 부러움을 일으키는 욕망의 대상들을 최소화시키는 것이었다.

히슬로다에우스가 유토피아의 운영방식을 설명하는 동안, 토머스 모어는 끊임없이 의문을 제기한다. 현대인의 눈으로 보자면 이런 토론 자체가 비현실적으로 느껴질 수 있다. '에이, 그런 세상이 어디 있어. 유토피아는 말 그대로 이 세상에 존재하지 않는 곳이잖아.' 이렇게 성급히 끝내버릴 수도 있는 이 토론을 두 사람은 책 한 권이 모자랄 정도로 끈질기게 지속한다. '이상사회의 규범적 모델을 제시하는 히슬로다에우스' 대 '이상사회의 닫힌 정의를 경계하는 토머스 모어.' 두 사람의 점잖은 끝장 토론을 음미하다 보면, 설령 바로 지금 유토피아가 눈앞에 펼쳐진다 해도 바로 그 유토피아에 끊임없이 '질문'을 던지는 것이야말로 진정한 유토피아를 위해 필요한 용기임을 알게 된다. 우리가 질문하기를 멈추는 순간, 우리가 참여하기를 멈추는 순간, 유토피아를 향한 인류의 발걸음은 그만큼 더뎌지지 않을까.

학창 시절 오후의 식곤증을 한 방에 날려준 문학 강의를 기억한다. "유토피아, 그것 없이 인간은 죽을 수도 없고 살 수도 없습니다." 이 가슴 찡한 문장 하나 때문에 나는 유토피아를 가질 순 없지만 그리워할 줄은 아는 문학청년(?)이 된 것 같다. '세상은 참 아름답지 않구나'

라는 것을 인정하는 순간, 우리는 '어른'이 된다. 그러나 이 아름답지 못한 세상 속에서도 기어이 아름다움을 발견하는 순간, 우리는 '진짜 어른'이 된다. 더 나아가 이토록 아름답지 못한 세상을 조금이라도 아름답게 만들기 위해 작지만 소중한 실천을 시작하는 순간, 우리는 '좀 더 멋진 어른'이 될 수 있지 않을까. 유토피아가 불가능하다는 것을 알면서도 유토피아에 한 발자국이라도 더 가까이 가기 위해 세상의 비웃음을 견디며 자신의 믿음을 실천하는 사람들, 그들을 우리는 혁명가라고 부른다.

알레고리,
다르지만 같은 것을
꿈꾸는 힘

최근 영화나 드라마에서 퓨전사극이 급증하고 있다. 〈해를 품은 달〉, 〈성균관 스캔들〉, 〈뿌리깊은 나무〉 등의 연이은 성공은 퓨전사극의 밝은 미래를 점치게 한다. 퓨전사극의 숨은 매력은 '현실이지만 현실이 아닌 척하는' 알레고리의 힘에 있지 않을까. 사람들은 퓨전사극을 통해 아직 해결되지 못한 지금 여기의 문제를 기꺼이 투사한다. 현실을 투명하게 그려주길 바라는 이들에게 알레고리는 '비겁하다', '빙빙 돌려서 말한다'는 비난을 받는다. 그러나 '다르게 말하지만 같은 것을 꿈꾸는' 알레고리의 힘은 여전히 유효하다. 알레고리는 아무래도 작가보다는 독자의 절박함을 반영하는 것 같다. 작가가 아무리 '이건 정치적인 문제를 묘사한 것이 아니다'라고 항변해도, 독자는

'바로 이게 지금 우리 이야기야!'라고 믿기 때문이다. 엄연한 민주주의사회에서 오히려 '진짜 우리 이야기'를 할 수 없을 때, 더욱 교묘해진 검열권력이 표현의 자유를 억압할 때, 알레고리는 더 큰 위력을 발휘한다.

〈황성신문〉이 엄청난 검열의 칼바람에 시달릴 때, 신문에는 검은 먹칠로 얼룩진 처참한 '삭제'의 흔적들이 가득했다. 이런 신문을 '벽돌신문'이라 불렀다. 벽돌처럼 무거운 검열의 흔적을 뚫고, 사람들은 용케 식민지권력에 맞선 자유의 몸부림을 알아들었다. 〈대한매일신보〉는 '벽돌신문을 읽는 법'이라는 논설로 〈황성신문〉의 고군분투를 응원했다. 아무리 검열의 벽돌에 가려 글자가 안 보여도, 바로 그 가려진 부분이야말로 글쓴이의 열정이 들끓고 있는 장소이므로, 독자가 날카로운 비판의 감수성을 미리 준비하면, 어떤 벽돌신문도 능히 읽을 수 있다는 내용이다. 심지어 신문 전체가 시커먼 먹칠로 뒤덮여도 우린 얼마든지 읽어낼 수 있다고 맞받아친 것이다. 위정자들이 '불온하다' 믿는 것, 가진 자들이 '위험하다' 느끼는 그 모든 것들이 벽돌신문 속에 범람했다. 알맹이는 다 뺀 채 무난한 이야기만 남아 있어도, 독자들은 알아들었다. 보이지 않는 것들을 기어이 보이게 만들기 위해, 독자들은 스스로 눈치코치를 기를 수밖에 없었다. 검열은 사악하지만, 본의 아니게 독자를 똑똑하게 만드는 길이기도 하다.

있는 그대로 현실을 그릴 수 없을 때, 현실을 효과적으로 변형시켜 현실에 타격을 주는 기법은 미술작품에서도 자주 쓰인다. 제리코 Théodore Géricault의 걸작 〈메두사호의 뗏목〉 또한 이러한 섬세한 현실 조작을 통해 태어났다. 제리코는 좀 더 조화로운 효과를 얻기 위해 그림 한편에 머리가 물에 잠긴 시체를 추가하기도 하고, 다양한 실험을 통해 가장 멋진 구도를 인위적으로 만들어냈다. 물론 실제 참사 현장은 이렇게 조화로운 구도가 아닐 것이다. 생존자들이 동료의 인육을 먹고 살아남았다는 이야기로 알 수 있듯, 그 참혹함은 이루 말할 수 없었다. 제리코 또한 이 끔찍한 현장을 그럴듯하게 그릴수록 현실을 미화할 수밖에 없음을 알았다. 조난자들은 실제로는 상처와 종기로 얼룩진 '망가진 신체'였지만, 제리코의 붓을 통해 남성미와 비장미가 가득한 '영웅'의 면모로 탈바꿈한다. 이는 현실의 입장에서 보면 거짓말이다. 하지만 이렇게 완성된 예술작품에는 가슴을 할퀴는 그 무엇이 있다. 아무도 그것을 '사기'라 하지 않는다. 바로 이것이 예술의 감동이 '현실의 객관성'을 향해 갖는 알리바이다.

현실을 있는 그대로 묘사한다 해서 훌륭한 리얼리즘은 아니다. 차마 미주알고주알 말할 수 없는 그 무엇은 관객의 상상력에 맡길 수 있다. 관객의 상상력을 얕보는 예술은 성공하기 어렵다. 물론 알레고리를 통해야 비로소 무언가를 말할 수 있는 상황은 좋은 것이 아니다. 퓨전사극, 아름다운 그림, 심지어 매일 보는 뉴스에서도, 우리는 저들이 차마 다 말하지 못하는 그 무엇을 본다. '말할 수 있는 것'을 통해 '말할 수 없는 것'을 숨기는 은밀한 기쁨은 창작의 특권이다. 때론 의뭉스러운 완곡어법으로 보도되고, 때론 뉴스거리조차 못되는 저 수많은 현실들이, 오늘도 아름다운 알레고리의 손길을 기다린다. 위대한 알레고리는 관객이 아직 써보지도 못한 잠재된 상상력을 기어이 끌어낸다. 검열에 걸릴까 봐, 쥐도 새도 모르게 잡혀갈까 봐 말할 수 없는 모든 것들이, 저 단단한 알레고리의 껍질 속에 갇혀 있다. 그 알레고리의 껍질을 한 꺼풀만 벗기면, 김이 모락모락 나는 우리의 뜨거운 삶이, 아직 마르지 않은 우리의 눈물이 깃들어 있다.

and let thy feet
millenniums hence
be set in midst of knowledge

Tennyso

온 세상을 얻고도
제 영혼을 잃는다면

다시는 마주치고 싶지 않은 사람들이 있다. 악행을 저질러도 죄의
식이 전혀 없고, 관계에 대한 어떤 애착도 없으며, 일말의 책임감도 느
끼지 않는 냉혈한들. 심리학에서는 이들을 반사회적 성격장애 혹은
소시오패스Sociopath라 부른다. 전체 인구의 4% 정도가 소시오패스라
는 연구도 있다. 타인에 대한 존중, 관계에 대한 애착 등 우리에게 소
중한 모든 가치들이 소시오패스에게는 '쓸모없는 감정노동'이 되어버
린다. 'Heartless(비정한)'라는 단어는 소시오패스의 캐릭터를 정확하
게 묘사한다. 심장이 없는 것처럼, 마음 자체가 없는 것처럼, 그들은
타인을 향한 어떤 공감이나 연민도 느끼지 못한다. 그들은 치명적인
매력을 지녔거나 타인을 원격조종하는 데 도가 터서, 사람들은 그들

에게 쉽게 매혹되고, 돌이킬 수 없는 상처를 입은 후에야 자신이 철저히 유린당했음을 깨닫는다. 피해자는 속출하는데 가해자는 찾을 수 없는 상태를 만드는 데 천부적인 재능을 가진 소시오패스들은, 카멜레온 못지않은 보호색을 띠고 있어 어떤 법망에도 걸리지 않은 채 내딛는 발걸음 하나마다 타인에게 치명상을 입힌다.

소시오패스의 결정적인 폐해는 '결국 악당들이 최후의 승자'라는 식의 거짓 편견을 심어준다는 점이다. 소시오패스는 부도덕한 정치가나 사업가, 사기꾼의 형태로도 나타나지만, 자식을 제멋대로 휘두르는 부모, 소름 끼치는 데이트폭력을 행사하는 남자친구, 힘없는 친구를 왕따로 만들거나 상습 구타하는 학생, 아무도 모르게 부지런히 악플을 남기는 끈질긴 안티팬일 수도 있다. 그들이 가장 즐거워하는 것은 불의를 보고도 두려움 때문에 슬쩍 눈감는 사람들의 '겁먹은 표정'이다. 소시오패스에게 자유를 빼앗겨 자신을 비하하는 순간, 그들의 겁박에 못 이겨 세상을 비관하는 순간, 자신이 당한 끔찍한 폭력조차 '내 탓'으로 돌려버리는 순간. 그들의 가짜 권력은 진짜 권력으로 뒤바뀐다. 소시오패스는 '공포의 권력'을 온몸으로 보여준다. 소시오패스의 승리는 바로 타인으로 하여금 삶의 의지, 인간에 대한 신뢰조차 꺾도록 만들어버리는 데 있다.

정말 그들은 승리할까? '착하게 살아봤자 아무 소용없다'는 체념이 맞는 걸까. 양심도 죄책감도 책임감도 던져버린 삶 대 양심과 애착과 관계를 추구하는 삶 사이에 선택지가 있다면, 대부분은 후자를 선택할 것이다. 심리학자 마사 스타우트Martha Stout의 《당신 옆의 소시오패스》에 따르면, 양심이란 초자아Superego의 감시와는 다르다. 초자아는 두려움을 무기로 주체에게 명령하는 내면의 권력이다. 이러면 부모님이 싫어할 거야, 남들이 비난할 거야 하는 '상상된 타인의 시선'이 초자아를 구성한다. 양심은 좀 더 따스한 내면의 권력이다. 사랑하는 것들 때문에 느끼는 애착, 소중하다 믿는 가치관 때문에 느끼는 책임감이 양심을 구성한다.

소시오패스가 결코 행복할 수 없는 이유도 관계에 대한 애착, 삶에 대한 사랑이 없기 때문이다. 소시오패스는 특유의 어두운 카리스마나 화려한 성공 때문에 승자로 보이지만, 사실 인생에서 가장 중요한 것, '애착'과 '관계성'의 결핍에 시달리고 있는 불행한 인간이다. 그들은 지켜야 할 자기상Self-Image이 없기에 내면의 거울에 자기를 비춰보는 느낌을 알지 못한다. 예컨대 그들은 윤동주의 〈참회록〉 같은 시를 이해할 수 없을 것이다. 아무런 악행을 저지르지 않았는데도 살아남은 것 자체가 부끄러운 순간을. "밤마다 나의 거울을 손바닥으로 발바닥으로 닦아" 보며, "어느 운석 밑으로 홀로 걸어가는 슬픈 사람의 뒷모양"을 바라보는 쓸쓸함을.

스콧 피츠제럴드Francis Scott Fitzgerald는 소시오패스들이 대다수의 사람에게 행사하는 지배력을 '열등한 자들의 폭정'이라 했다. 주변에 이런 사람들 때문에 고통받는 이가 있다면, 그들 때문에 삶을, 사랑을, 관계를 포기하지 않을 수 있도록 도와주어야 한다. 개인 차원에서는 소시오패스가 일시적으로 유리할 수 있지만, 집단 차원에선 서로 돕고 배려하는 이타적 유전자가 훨씬 효과적으로 살아남는다. 포식자를 발견한 톰슨가젤이 껑충 뛰어오르면, 자신의 생존 가능성은 낮아지지만 무리가 달아날 수 있는 가능성은 높아지듯이. 이러한 '이타적 행동'은 동물이 종을 보존시키는 지혜였고, 인간이 삶을 단지 경쟁과 지배 게임에 종속시키지 않는 비결이었다. 마르쿠스 아우렐리우스Marcus Aurelius Antoninus의 명언처럼, "벌떼에게 좋지 않은 것은 벌에게도 좋지 않다."

무인도에 소시오패스만 모아놓는다면, 저마다 자기만 생각하는 그들은 얼마 못 가 멸종할 것이다. 소시오패스가 결코 행복할 수 없는 이유를 예수님께 묻는다면, 이렇게 대답하시지 않을까. "온 세상을 얻고도 제 영혼을 잃는다면 무슨 소용이겠느냐?" 소시오패스는 권력과 싸워 이기는 양심의 소중함을, 부귀영화의 달콤함을 넘어서는 관계의 소중함을 역설적으로 일깨워준다. 양심은 야단치는 말투, 호통치는 목소리, 감시하는 눈초리가 아니라, 나직하고 고요한 목소리로 우리의 내면을 간질이는 봄날의 햇살 같은 것이 아닐까.

좀 더 천천히,
좀 더 친밀하게

'세대교체'라는 표현에는 은밀한 잔혹성이 묻어 있다. 그것은 결국 신세대의 입장만을 대변한다. 세대교체는 전 세대의 '사라짐'을 전제한다. 그러나 정말 그런 식으로 세대가 교체되었다가는 후속 세대는 이전 세대로부터 아무것도 배울 수 없을 것이고, 매번 '맨땅에 헤딩'하는 끔찍한 고통을 맛볼 것이다. 세대는 일방적으로 '교체'되는 것이 아니라 '교감'해야만 한다. 세대 사이의 강력한 교감이 깨지면, 지식은 전수되지 않고, 예술은 감동의 주파수를 잃고, 장인의 기예에는 맥이 끊긴다. 모든 것이 유행에 따라 너무 쉽게 변해버리는 현대사회에서는 이런 뜨거운 세대교감을 느낄 틈이 별로 없다. 길을 걷다 보면 'Since2000', 'Since 2002'라는 식의 간판이 버젓이 붙어 있는 것을 보고 씁쓸하게 웃을 때가 있다. 한 가게가 채 10년도 제대로 버티기 힘든 현실을 증언하는 상징들이기 때문이다. 'Since'는 어림잡아 100년, 최소한 50년 이상의 전통을 유지해온 가게에 어울리는 훈장이 아닐까.

나는 쇼트트랙 5,000m 계주경기를 볼 때마다, '아! 저거야말로 아름다운 세대교체의 알레고리구나'하며 홀로 감탄하곤 한다. 그 좁은 얼음판 위에 자그마치 16명의 선수들이 경기 내내 함께하면서, 배턴터치할 때마다 상대의 몸을 힘껏 밀어주고, 자기가 달리고 있지 않은 동안에도 쉼 없이 상대의 움직임을 주시한다. 처음부터 끝까지 네 선수가 한 몸처럼 매끄럽게, 결코 누군가를 소외시키거나 견제하지 않으면서, 고통스러운 원심력을 최대한 견뎌내며, 마침내 5,000m를 완주해냈을 때의 감동. 우리 인생의 세대교체도 저런 모습이라면 얼마나 아름다울까. 후임자가 전임자의 자리를 전광석화처럼 낚아채는 것이 아니라, 전임자와 후임자가 오랫동안 같은 필드에 공생하면서 서로의 경험을 소통할 수 있고, 자기 일의 보람과 고난을 함께 나눌 수 있는 충분한 시간이 있다면. 시간이 어느 날 갑자기 단절되어버리는 느낌, 누군가의 자리를 빼앗았다는 죄책감에 시달리지 않고, 좀 더 천천히, 좀 더 친밀하게 세대교감을 이룰 수 있는 길을 찾아야 하지 않을까.

〈100년의 가게〉라는 다큐멘터리 프로그램에는 이런 아름다운 세대교감의 모델들이 등장한다. 전임자는 어느 날 갑자기 사라지는 것이 아니라, 가게 곳곳에 자신의 흔적과 숨결과 노하우를 고스란히 남긴다. 주인만 대를 잇는 것이 아니라 손님들도 대를 이어 그 가게를 찾는다. 수백 년 동안 대를 잇는 가게들의 특징은 자식 또는 후임자를 최후의 보루나 이미 잡은 고기처럼 다루는 것이 아니라, 최초의 고객이자

"누군가에게 삶의 어떤 의미를 물려줄 수 있을까를 더 일찍,
더 자주 고민한다면, 우리 삶은 훨씬 환하고 따스하고
풍요로워지지 않을까."

최고의 비평가로 바라본다는 것이다. 부모는 아들딸에게 좀 더 멋진 장인匠人처럼 보이기 위해 늘 노력하고 늘 유혹하고 늘 눈치 본다. 어쩔 수 없이 대가 끊길 때는 혈연이 아니라 세상이 그 끊어진 대를 이어주기도 한다. 유럽에서 유일하게 전통방식으로 종이를 만드는 종이방앗간이 망했을 때는 생면부지의 타인이 와서 공방을 인수해주었고, 베토벤의 피아노를 만들었던 피아노 공방이 도산 위기에 처했을 때는 또 다른 장인이 와서 그 공방을 유지해주었다. 세계에서 가장 오래된 레스토랑은 'TV에 나오는 맛집'이 되기 위해 발버둥치는 것이 아니라, 손님의 프라이버시를 위해 영업시간에는 촬영을 금지할 정도로 고객중심주의를 고수한다. 그들은 'TV에 나오는 맛집'이 되어 불특정 다수를 향한 호객행위를 하는 것이 아니라, 가게를 찾는 한 사람 한 사람을 '오랫동안 알아온 친구'처럼 대한다. 어르신들은 '요새 애들은 싸가지가 없다'고 투덜대지 않고, 젊은이들은 '노인들은 고리타분하다'고 타박하지 않는다. 아름다운 세대교체는 온몸으로 밀어주는 구세대와 온 힘으로 받아주는 신세대의 감동적인 하모니로 이루어진다.

우리는 다음 세대에게 최첨단 재테크의 기술이 아니라 김이 모락모락 나는 인생의 기술을 알려주는 조언자가 되어야 하지 않을까. 문명의 적신호는 경험을 소통하는 능력이 사라지는 것, 타인에게 진정한 조언을 해줄 수 있는 능력이 사라지는 것이다. 《크리스마스 캐럴》의 스크루지 영감은 타인에게 돈만 안 나눠준 것이 아니라 어떤 '의미'도 나눠주지 못했기에 죽음이 두려웠다. 그가 크리스마스를 증오한 이유도 수많은 사람들이 자기 삶의 의미를 타인과 공유하는 날이었기 때문이다. 스크루지가 붕괴 위기에 처한 자기 인생을 9회말 2아웃 상황에서 역전한 비결은 '죽음 이후, 남겨진 사람들의 시간'을 상상할 수 있었기 때문이다. 누군가에게 삶의 어떤 의미를 물려줄 수 있을까를 더 일찍, 더 자주 고민한다면, 우리 삶은 훨씬 환하고 따스하고 풍요로워지지 않을까. "집에 노인이 안 계시면 빌려서라도 모셔라"라는 그리스 속담처럼, 신세대와 구세대는 좀 더 자주, 좀 더 오래, 서로의 체온을 느끼며 한 공간에 함께 있는 법을 고민해야 하지 않을까.

결국 착한 사람이
이기는 세상이라 하던데예

"우리 어무이가 이 세상은 결국 착한 사람이 이기는 세상이라 하던 데예. 그 말이 참말로 맞습니꺼?" 드라마 〈제빵왕 김탁구〉에서 어른들의 폭력과 협잡에 지칠 대로 지친 소년 김탁구가 팔봉 선생에게 던진 질문이다. 선생은 대답한다. "네가 그러길 원한다면 그런 세상이 맞을 게야." 시청자들은 알고 있다. 약삭빠르지 못하고, 착하게만 굴다가는 결코 성공할 수 없다는 것을. 선인의 승리는 악인의 승리보다 수천 배 힘들다는 것을. 악인은 성공을 위해 물불을 가리지 않지만, 선인은 온갖 '타인의 형편'을 배려하니까. 김탁구의 질문을 '성인용'으로 번역하면 이렇다. 이 험난한 약육강식의 시대에 착한 사람이 성공하고, 승리하고, 행복할 수 있을까요? 탁구의 고뇌를 '정치인 버전'으

254

로 옮겨보면 어떨까. 정말 덕을 지닌 정치가가 성공할 수 있습니까? 유비가 다시 태어난다면 조조를 이길 수 있을까요?

《군주론》의 저자 마키아벨리Niccolò Machiavelli라면 어떻게 대답했을까. "군주는 가능하다면 선에서 벗어나서는 안 되지만, 필요하다면 악행을 저지르는 법을 배워야 한다", "두려움의 대상이 되는 것이 사랑의 대상이 되는 것보다 훨씬 낫다." 이런 대답이 전형적인 마키아벨리식 반응일 것이다. 그는 덕이라는 추상적 가치보다는 리더의 실질적 탁월함의 관점에서 《군주론》을 서술했다. 《군주론》은 전자민주주의사회에는 곧장 적용할 수 없지만 보편적 리더십의 관점에서는 여전히 유효하다. 《군주론》을 사악한 의도로 읽는다면 독재자의 행동지침서가 되겠지만 좋은 의도로 읽는다면 인간의 본성을 철저히 이해하기 위한 리더십의 참고문헌이 될 것이다.

《군주론》에는 '선인보다는 악인이 위대한 통치자가 될 가능성이 높다'고 오인할 만한 요소가 곳곳에서 발견된다. "인간들이란 충분히 만족시켜주거나 철저히 짓뭉개야 한다"든지 "함정을 알아채기 위해서는 여우가 되어야 하고, 늑대를 겁주기 위해서는 사자가 되어야 한다"는 대목들이 대표적이다. 프로이센의 프리드리히 대왕은 마키아벨리를 '악마의 자식'이라 못 박고 '인간성을 파괴하는 이 괴물에 대항'하기 위해 《반反마키아벨리론》을 저술했을 정도다. 그러나 《군주론》은 단순히 약육강식의 잔혹성을 예찬하는 책이 아니다. 군주의 무자비한 책략을 옹호하는 문장을 자세히 살펴보면 반드시 '조건'이 붙어 있다. '정세가 위급할 때'가 아니라면 굳이 여우의 잔꾀나 사자의 포악이 필요하진 않다. 그가 가장 이상적으로 여겼던 군주는 백성의 미움을 받지 않는 군주, 백성이 두려움 없이 자신의 꿈을 펼쳐나갈 수 있도록 장려하는 군주, 백성의 재산을 탐하지 않는 군주, 외세의 침략보다 인민의 숨은 분노를 두려워할 줄 아는 군주였다. 《군주론》은 CEO용 자기계발서나 처세술로만 인용되기에는 너무 아까운 책이다. 《군주론》은 권력을 누구의 이름으로 누구를 향해 어떻게 써야 할지를 고민한 철학적인 성찰이다. 독자의 비전에 따라 《군주론》은 천차만별의 목소리로 다가갈 것이다.

흥미로운 것은 그토록 방대한 역사적 사실과 인문고전을 총동원하여 화려한 정치철학을 창조해낸 마키아벨리가 《군주론》의 결말에서는 '운運'의 문제에 비상한 관심을 보였다는 것이다. 그의 화두는 인간사가 얼마나 운에 지배되는가, 어떻게 운에 맞서야 하는가였다. 아무리 대단한 정치철학으로 무장해도 '운'의 도움을 받지 못하면 패배할 수밖에 없었다. 그는 '운'이란 변덕스러운 '여성'이기에 신중함보다는 과감함으로 다스려야 한다고 주장했다. 당시 피렌체의 유명인사들도 '운이란 여성이고 나체이며 통제하기 어렵다'고 믿었다. 16세기 피렌체에는 어떤 정치이론도 먹히지 않고 그저 행운의 여신만을 기다려야 하는, 절체절명의 시기가 비일비재했다. 마키아벨리 자신이 바로 재능은 뛰어나지만 운은 지지리도 없는 정치인의 대표사례였다. 운이 그토록 중요했던 까닭은 정치의 본질적인 속성이 바로 그 터무니없는 불합리성과 통제 불가능성이기 때문이다. '운의 원한'을 피하기 위해 리더에게는 어떤 자질이 요구될까. "현존하는 최상의 요새는 인민에게 미움받는 것을 피하는 것이다", "아첨꾼들로부터 당신 자신을 지키는 유일한 길은, 당신이 진실을 들어도 기분이 상하지 않는다는 것을 사람들로 하여금 알게 하는 것이다", "모든 사람들은 자신이 유능하다고 생각하지만, 지금까지 누구도 그의 능력과 행운으로 타인을 지배할 수 있는 능력을 가진 적이 없습니다." 그는 '행운의 여신'을 항상 자기편으로 만들 수는 없는 것이 정치의 본성임을, 군주가 가장 두려워해야 할 것은 외세의 침략이 아니라 인민의 분노임을 알았던 것이다. 타인을 지배하는 것보다 더 어려운 일은 타인을 '두려워할 줄 아는' 것이다.

한 사람의 사랑,
한 사람의 위로,
한 사람의 미소

　어쩔 수 없이 '악역을 자처한다'는 사람들을 볼 때마다 나는 심각하게 그 진의를 의심한다. 비장한 각오로 악역을 자처하는 이들치고 훌륭한 사람은 거의 없다. 악역을 자처하는 사람들은 과연 악역을 떠맡은 선인일까, 아니면 그저 자신이 악인임을 스스로 깨닫지 못하는 악인일까. 악역을 자처하는 이들의 특징은 자신의 진정한 필요가 아니라 조직이나 대의를 위해 필요하다고 믿는 역할을 '연기한다'는 점이다. 악역을 연기한다는 것은 주체의 지문을 삭제하는 행위다. 차마 '내가 악행을 한다'고 고백하지 못하고, 마치 자신이 거대한 타자의 일시적 도구인 것처럼 행동하는 것이다. 마치 악역을 위한 완벽한 대본이나 매뉴얼이 따로 존재하는 듯이 행동하는 허위의식. 그 속에는 국가의 감시를 두려워하면서도 그 위대한 통제의 너른 품 안에 안전하게 숨고 싶은 나른한 공포와 비겁한 속물주의가 숨어 있는 것이 아닐까.

악역을 도맡는 사람들의 마음속에는 일종의 영웅주의가 도사리고 있다. 모두가 손가락질하는 그런 일을 해낸다는 것은 얼마나 힘든가. 그렇게 힘든 일은 나 같은 사람이 떠맡아야 할 거대한 사명이다. 이렇게 믿으며 '자신의 악행'을 '역사의 사명'이나 '조직의 대의'로 조작하는 것이다. 유대인을 학살한 나치뿐 아니라 독재자의 하수인들, 각종 고위직의 부정부패 연루자들은 하나같이 '나는 죄가 없다'고, 꼭 필요한 일을 했을 뿐이라고 주장한다. 악역 자처범(?)의 한결같은 특징은 바로 지독한 '근면성'이다. 이 일은 자신의 책임이 아니며 다만 상부의 지시를 따를 뿐이라고 말하는 사람들의 소름 끼치는 근면성. 그들의 맹목적인 성실성이야말로 세상을 하루하루 더 나쁘게 만든다. '내겐 아무 힘이 없다'고 생각하는 평범한 사람들이, 상부의 명령에 토를 달지 않고 오직 '단체'를 위해 '조직'을 위해 복무할수록 세상은 황폐해진다. 권위주의와 절차주의는 각각 그들의 밥과 김치다. 그들이 그토록 머리를 조아리는 '상부의 명령'이야말로 우리 사회 곳곳에 드리우고 있는 암흑의 유독가스이며, 너무 많아 일일이 셀 수도 없는 가혹한 빅 브라더들이다.

이 한결같은 성실함과 한 치의 오차도 없는 복종 밑에는 '한 사람의 힘'을 경시하는 우리 사회의 집단무의식이 깔려 있다. 사람들이 '나 하나쯤' 없어져도 아무런 티가 나지 않을 것 같은 조직을 증오하면서도 복종하는 것은, 바로 '나 한 사람의 사소한 행동'은 바닷물에

잉크를 빠뜨리는 일처럼 아무 영향력이 없다고 믿기 때문이다. 하지만 정말 그럴까. 우리들 한 사람 한 사람의 힘이 그렇게도 작고 하찮은 것일까. 마음 깊은 곳에선 우리도 알고 있다. 바로 우리들 각자가 한 사람의 사랑, 한 사람의 위로, 한 사람의 미소만으로도 힘든 하루를 버텨가고 있음을. 게다가 평범한 한 사람의 힘이 때로 역사마저 바꿀 수 있다는 것을.

유고 출신 철학자인 슬라보이 지젝은 크레믈(크렘린)병원 의사 소피야 카르파이의 사례를 언급하며 이 '하찮은 한 사람의 힘'이 역사를 어떻게 바꾸었는지를 증명한다. 1948년 소피야는 악명 높은 소련 정치가 즈다노프의 심전도 수치를 조작했다는 누명을 쓰고 모진 고문을 받는다. 다른 의사들은 고문과 협박 끝에 허위자백을 했지만, 소피아는 냉동창고에 감금된 채 모진 고문을 견디며 끝까지 버텼다고 한다. 그녀가 고문에 못 이겨 허위자백을 했다면, 스탈린은 즈다노프의 암살이라는 조작된 공안정국을 선포하여 유럽 전체를 또 다른 전쟁의 참화로 이끌고 갈 수도 있었다. 그녀의 이 '단순한 고집'이야말로 수천 명, 어쩌면 수백만 명의 목숨을 구한 것이다. 지젝은 모든 역경을 이겨낸 이 '단순한 고집'이야말로 윤리를 형성하는 재료라고 선언한다.

콩알만 한 나사 하나만 잘못되어도 거대한 비행기의 운항 전체를 취소시킬 수 있는 것처럼, 한 사람 한 사람의 힘은 결코 작지 않다. '악역을 자처한다'는 허구의 논리 속에는 자신의 행동과 책임을 뭔가 다른 존재에 '위임할 수 있다'는 환상이 자리한다. 악은 매력적이고 선은 왠지 지루한 것으로 생각하는 사회 분위기 또한 악역을 자처하는 사람들을 언뜻 매력적으로 보이게 만드는 환상의 덫이다. 미국드라마나 할

리우드영화를 통해 화려하게 전시된 '사이코패스'들의 특징 또한 자신의 악행을 정신질환의 탓으로 돌리는 주체의 자기 은폐행위다.

정말 자유를 원한다면, 그 어떤 권리도, 책임도, 남에게 위임해서는 안 된다. 위임하는 순간, 하나뿐인 정체성을 타인에게 팔아넘기는 것이다. 한 사람의 힘을 경시하는 사회는 희망이 없다. 우리는 그 누구도 대신할 수 없다. 또한 우리를, 그 누구도 대신할 수 없다. 정말 중요한 일은 그 누구도 대신할 수 없다. 오늘 당신은 어떤 '한 사람의 힘'으로 하루를 버텼는가. 바로 그 한 사람의 어여쁜 미소가 우리의 미래고, 우리의 희망이다.

• 번쩍, 하는 인문학적 순간
─인터넷 시대의 인문학

1. 인터넷 시대에 지식을 어떻게 공유하고 확장할 것인가?

사춘기 시절 나에게 가장 신 나는 날은 '시험 끝나는 날'이었다. 시험이 끝나면 곧장 서점으로 달려가서 오랫동안 읽고 싶었던 소설책을 사거나, 아니면 이 세상에 도대체 무슨 책들이 있나 구경하기 위해 밤이 될 때까지 서점 안을 뱅뱅 돌아다녔다. 물론 친구들과 노는 것도 충분히 재미있었지만, 내 영혼의 더욱 내밀한 기쁨은 '서점에 가서 어슬렁거리며 혼자 놀기'를 할 때 가장 컸다. 지금 생각해보면 참으로 소박한 즐거움이지만, 그때 서점은 나에게 '교과서 아닌 책을 파는 꿈의 가게'이자 '교과서 밖의 은밀한 즐거움을 탐색하는 꿈의 놀이터'였다.

어린 시절에는 동네 서점 아저씨와도 친했다. 서점에서 피아노 악보도 사고, 참고서도 샀지만, 소설책이야말로 내가 가장 좋아하는 '신상 아이템'이었다. 그런데 이런 즐거움을 결정적으로 박탈할 뻔한(?) 최고의 적수가 나타났다. 그것은 바로 '비디오테이프'였다.

중학교 시절부터 유행하기 시작한 비디오 플레이어는 각 가정에 빠르게 보급되기 시작했고, 나는 처음으로 비디오를 통해 〈프리티우먼〉을 접하고는 한동안 패닉 상태에 빠졌다. 이렇게 자극적인 즐거움이 있다니! 소설책보다 더 즐거운 것이 있다니! 심지어 만화책보다도 더 즐거운 것이 있다니! 영화는 한순간도 쉬지 않고, 나는 물론 엄마, 동생들의 눈과 귀와 마음을 완전히 사로잡았다. 줄리아 로버츠의 고혹적이고 사랑스러운 자태는 몇 주 동안 상상의 망막을 떠나지 않았고, 그래서 나는 특단의 조치를 취할 수밖에 없다고 느꼈다. 대학 갈 때까지, 비디오는 자제하자는 것이었다. 지금 생각해보면 어설픈 범생이의 서글픈 금욕주의이긴 했지만, 그때는 그만큼 비디오가 주는 쾌락이 무서웠다. 이러다가 비디오라는 악마에게 잡아먹히는 건 아닌가, 서점을 향한 발길 따위는 아예 끊어져버리는 게 아닐까 두려웠다.

아주 작은 자극에도 쉽게 폭발해버리는 사춘기의 감성은 비디오라는 새로운 유혹을 곧바로 유해물질로 인식했다. 머릿속에 정말 빨간불이 켜지는 느낌이었다. 이건 너무 멋져, 그러니까 안 돼 하고 말이다. 그러나 웬걸, 나는 결코 비디오를 끊을 수 없었고, 매일 엄마한테 혼꾸멍이 나면서도 각종 비디오테이프를 사 모으고, 좋아하는 프로그램을 녹화해서 열 번도 더 돌려보았다. 지금도 가끔 자문해보곤 한다. 내가 TV광이 아니라면, 온갖 영화를 그렇게 많이 보지 않았다면, 더 많은 책을 읽지 않았을까, 더 좋은 글을 쓸 수 있지 않을까 하고. 그러나 그 질문은 던지자마자 허공에서 찬란하게 흩어져버리는 신기루 같은 것이다. 물론 보고 나서 후회하는 영화도 있었고, 광적인 TV 사랑 때문에 해야 할 일을 그르친 적도 많지만, 스마트폰 없는 세상은 견딜 수 있어도 TV 없는 세상은 견딜 수 없을 것 같다. 그리고 이것이 내 미디어 감수성이 진화된 마지막 단계일 것 같기도 하다. 인터넷이 이끌어가는 세상의 속도를 결코 따라갈 수 없을 것 같아서다.

나는 인터넷 서핑도 많이 하지만, 10년 이상 인터넷을 돌아다닌 결과는 늘 똑같다. 하루 종일 인터넷 헤드라인의 수많은 미끼에 걸려 스스로 낚시질을 당하고 나서는, 매번 똑같은 다짐을 한다. '역시, 인터넷 서핑을 줄여야겠다. 안 할 수 있다면 더 좋겠지만' 이렇게 말이다. 인터넷을 글쓰기에 활용할 때도 있지만, 지극히 한정적이다. 인터넷 문화가 지나치게 '시각 중심적'이라는 것이 가장 큰 문제다. 책을 볼 때 우리는 눈만 활용하는 것이 아니라 책이라는 물체의 질감을 촉각으로 느끼고 희미한 종이 냄새를 맡으며 후각도 사용하고, 낭독을 하면서 청각도 사용할 수가 있다. 오감을 활용할 수 있는 아날로그 세상에 비해, 인터넷이 활개를 치는 디지털세계에서 우리는 과도하게 시각적 자극에 영혼을 빼앗기고 있는 것이다. 이것은 두뇌활동의 심각한 불균형을 초래하는 것이 아닐까.

영화도 드라마도 우리의 혼을 쏙 빼놓긴 하지만, 인터넷 서핑처럼 두뇌의 작동방식을 심각하게 바꿔놓지는 않는 것 같다. 말하자면 인터넷은 '세상을 보여주는 창'처럼 보이지만, 결코 세상 자체는 아니다. 그런데 서핑을 하다 보면 그 사실을 자꾸 까먹는다. 포털 사이트가 보여주는 복잡다단한 카테고리들 그 자체가 세상의 축소판, 아니 세상 그 자체인 것처럼 착각하게 되는 것이다. 게다가 인터넷이 보장해주는 그 수많은 시각적 자극의 미로 사이를 헤매다 보면 가끔은 내 두뇌의 70~80% 정도가 휑하니 사라진 것 같은 서늘한 느낌이 든다. 내 머리로 생각하는 것 같지 않고, 온갖 'www.com'의 보이지 않는 핸들이 조종하는 대로 사고하는 듯한 느낌. 때로는 누군가 웹캠을 통해 나를 감시하고 있는 오싹한 느낌이 들 때도 있다. 이런 무서운 미디어로 단순히 정보를 취합하는 수준을 넘어서 '인문학'을 한다니, 그것이 가능할까. 인터넷을 통해 지식을 공유하고 확장할 수 있는 것일까.

2. 인터넷과 인문학의 불화, 스토리텔링의 힘

살다 보면 전혀 배우지 않은 것을 갑자기 해내야 할 경우가 많다. 리허설은커녕 준비기간도 없이 새로운 미션에 부딪혀야 하는 경우가 많은데, 나에겐 '강의'가 바로 그런 것이었다. 강의를 어떻게 잘할 것인가에 대한 정보는 오직 지금까지 들은 강의뿐이었는데, 막상 교단에 올라가니 시선부터 제대로 처리되지 않았다. 어디다 눈을 두어야 할지, 어떤 톤으로 말해야 할지. 눈앞이 캄캄했던 적이 한두 번이 아니다. 그런데 제법 오랫동안 강의를 하다 보니 이제는 예전보다 떨지 않고, 조금 더 친밀한 소통을 추구하게 되었다. 사람들마다 다르겠지만 나의 경우 강의에서 가장 중요한 것은 '친밀감'을 세팅하는 것이었다. 정말로 친한 사람들끼리만 느낄 수 있는 그런 사적인 친밀감이 아니라, '인문학을 공부하는 사람, 그것도 인문학으로 밥을 벌어먹는 사람'에 대한 대중의 본능적인 거리감을 해소하는 것이 바로 내가 추구하는 '공적인 친밀감'이었다.

그런데 이제 강의를 10년째 하다 보니 나에게도 조금씩 넉살이 생기기 시작했다. 사람들은 우선 '글을 써서 먹고사는 사람'을 신기해하는 것 같았다. 글 쓰는 건 귀찮고 힘들고 따분한 일인데, 저 사람은 글쓰기를 왜 저렇게 좋아하는 것일까. 이런 궁금증을 담은 눈빛을 사람들은 숨기지 않았다. 사람들은 흥미로운 외계인을 바라보는 눈빛으로 나를 쳐다보았고, 나는 애써 '나도 지구인'임을 강조하려 하지 않고 그냥 자유롭게 내 생각을 말했다. 혼자 골방에 갇혀 글을 쓰는 것과는 비교도 할 수 없는 강렬한 소통의 장이 열리는 느낌이었다. 뭔가 전혀 예기치 못했던 곳에서 새로운 영감의 원천을 발견한 기분이었다. 사람들의 질문은 어떻게 보면 빤했지만, 쉽고 단순한 것일수록 나를 더욱 긴장시키는 것이었다. 내 강의를 들으시는 분들과 직접 대화하다 보면 아주 사소한 질문으로부터 시작하는 것이 인문학의 첩경임을 알게 된다. 사람들은 인문학 자체를 혐오하는 것이 아니다. 사람들은 인문학에 둘러싸인 근엄한 이미지들을 싫어하거나, 인문학이 무엇인지 깊은 관심을 둘 마음의 여유가 없는 것이다.

인터넷을 활용한다고 해서 수업을 더 재미있다고 생각하지도 않는다. 예나 지금이나 강의에 필요한 가장 중요한 기술은 '스토리텔링'의 능력이다. 아이들이 선생님의 '잡담'이나 '딴 얘기'에 귀를 쫑긋 기울이는 것은 어찌 되었든 '이야기'의 형식을 갖추었기 때문이다. 모든 지식을 이야기로 환원할 수는 없다 하더라도, 인문학의 사건, 개념, 인물들에 숨어 있는 이야기를 발굴하는 스토리텔링 인문학 콘텐츠를 다양하게 개발한다면, 우리는 사람들을 좀 더 흥미롭게 인문학의 바다로 유혹할 수 있을 것이다.

나는 어릴 때부터 '이야기'를 병적으로 좋아하는 아이였다. 무엇이든 이야기로 전달하면 지식의 파급력이 엄청나게 커지고 그 이미지의 잔상이 오랫동안 각인된다. 선생님들이 해주셨던 그 모든 잡담들이 이렇게 오랫동안 기억날 줄 몰랐다. 수업 내용보다 '이건 여담인데'로 시작하는 선생님들의 잡담을 더 열심히 들었다고 해도 과언이 아닐 정도다. '잡담처럼 들리는 것'이야말로 흥미로운 강의의 기술이다. 그러기 위해 인문학의 개념, 인물, 사건에 관련된 수많은 에피소드들을 '이야기 파일'로 정리해 축적해두는 것도 좋은 방법이 아닐까. 예컨대 철학자들이 무슨 '개념'을 설명했는지를 무리하게 주입하기 이전에, 그의 라이프스토리는 어떤지, 그의 연애사는 어땠는지, 그의 인생을 뒤흔든 기념비적 사건이 무엇이었는지를 시시콜콜 이야기해준다면, 사람들은 어느새 자신들도 모르게 '타인의 이야기(대단한 철학자의 위대한 이론이 아닌)'에 몰입하고 있는 자신을 발견하게 될 것이다. 스토리텔링 인문학, 그것이야말로 인문학의 콘텐츠를 더욱 흥미롭게 재구성할 수 있는 방법이 아닐까.

3. 인문학의 잃어버린 쓸모를 찾아서

그렇다면 이제 문제는 '인문학'으로 과연 무엇을 할 것인가다. 누군가 나에게 '인문학의 개인적 쓸모'를 묻는다면 나는 이렇게 대답하고 싶다. 인문학은 나에게 잃어버린 자존감을 회복시켜주었다고. 최소한의 자존심을 지키기가 점점 어려워지는 세상에서, 인문학은 걸핏하면 타인의 하찮은 펀치에도 완전히 KO패 당하곤 했던 나의 자존감을 지키는 데 결정적인 역할을 했다고. 나는 외롭고 지칠 때마다 책 속으로 숨었다. 책이라는 은신처는 내게 때로는 살아 있는 사람이 줄 수 없는 편안함을 주었다. 사람에게는 어쩔 수 없이 애정과 인정을 바라고 기대하게 마련인데, 책에게는 그런 커다란 기대를 걸지 않게 된다. 책은 손을 잡을 수도 없고 어깨를 두드려줄 수도 없고 함께 눈물을 흘려줄 수도 없으니까. 하지만 책은 처음에는 '나의 문제로부터의 도피처'가 되어주고, 시간이 지날수록 '내가 어디에 있는지' 알려주는 영혼의 지도가 되었다가, 결국 내가 도망쳐온 곳이 어디인지를 스스로 깨닫게 만든다. 그리고 삶으로부터 그렇게 쉽게 도망쳐서는 안 된다는 것을, 다시 안간힘을 내서 세상 속으로 당당히 걸어 들어가야 함을 깨우쳐주었다.

지금 등록금, 취업, 내 집 마련, 양극화, 비정규직 등 온갖 고통에 시달리는 사람들에게 도대체 인문학이 무슨 도움이 되느냐고 묻는다면, 이렇게 대답하고 싶다. 진심으로 인문학은 잃어버린 자존을 되찾는 데 도움이 된다고. 나는 수많은 책들의 미로 속에서 헤매며 끝내 나를 지키는 비법을 배웠다. 나의 자존은 누구도 함부로 빼앗아갈 수 없다는 것을. 끔찍한 상처는 언젠가 나를 지키는 단단한 마음의 요새가 된다. 타인의 도움이 없을 때조차도 스스로 자기를 지키는 인문학, 그것은 단지 공격당하지 않기 위한 방어기술이 아니라, 끝내 타인과 접속하기 위한 영혼의 준비운동이다. 끝내 이 세상과 연결되기 위한 영혼의 안테나, 그것이 바로 인문학의 힘이다.

나 또한 인터넷을 많이 하다 보면 머릿속이 쓰레기통처럼 엉망이 되어버리는 경우가 많다. 그러나 인터넷이 없이는 세상 사람들의 관심사를 알아내기가 어려운 환경이 되었다. 우리는 포털 사이트의 유해성을 근엄하게 강조만 할 것이 아니라, 그것이 왜, 어떻게, 우리의 자유로운 두뇌활동을 방해하는지 구체적으로 설명해주어야 한다. 예컨대 포털 뉴스의 정보 유포방식, 카테고리 분류방식, 문체의 문제, '낚시질'의 문제 등등을 인터넷 기사 하나하나를 직접 같이 읽으며 토론해보는 작업이 필요하다. 미디어와 연계할 수 있는 인문학적 콘텐츠가 가장 풍부한 분야는 아무래도 '역사'다. 역사를 소재로 한 수많은 드라마와 영화가 있기 때문이다. 예를 들어 드라마 〈선덕여왕〉만을 가지고도 우리는 풍부한 이야기를 이끌어낼 수 있다. 왜 미실은 《화랑세기》에 버젓이 등장하고 있는데도 '실재 여부가 확실하지 않은' 인물로 분류되었을까. 이런 질문이 역사학적 주제라면, 미실이 왕이 아님에도 불구하고 당대의 핵심권력을 쥐락펴락할 수 있었던 동력을 찾는 것은 정치학적 주제가 된다. 미실처럼 자신의 섹슈얼리티를 정치적으로 이용하는 것은 당시 사회 분위기에서는 윤리적 제재를 받을 필요가 없었다는 사실은 사회학적 테마가 되는 것이다.

인문학은 책 속에만 있는 것이 아니다. 미디어 속에도, 사소한 일상적 수다 속에도, 우리의 무의식이 발현되는 꿈속에도, 인문학은 꿈틀거린다. 살다 보면 번쩍, 하는 인문학적 순간들을 발견할 때가 있다. 예컨대 〈발리에서 생긴 일〉이라는 드라마에서 소지섭이 하지원에게 그람시Antonio Gramsci의 책을 선물하는 장면이 있다. 나는 그때 망치로 뒤통수를 퍽, 하고 맞은 기분이었다. 영원히 자신의 비천한 계급으로부터 벗어날 수 없을 것 같은 여주인공에게, '개천에서 자란 용'인 남자주인공이 맑스주의 서적을 건네주며 구애를 하는 장면. 여주인공은 이 어려운 책을 제대로 이해하지 못하지만, 일단 멋진 남자의 선물이기 때문에 외면할 수가 없다. 도대체 이게 무슨 말이지? 의문을 가지면서도 조금씩 읽어나가기 시작한다. 바로 그런 순간들이 인문학적 공감의 시작이다. 왜 우리가 속한 계급의 제약에서 벗어나기 힘든지, 왜 그런 제약에 무릎 꿇어서는 안 되는지, 그렇다면 우리는 어떤 저항을 준비해야 하는지. 그렇게 우리 삶을 뒤흔드는 결정적인 고민들을, 자기 인생을 불태워 끊임없이 공부하는 사람들이 인문학자이다. 그리하여 우리에게 필요한 것은 어떤 상황에서도 '인문학적 순간들'을 찾아내는 뻔뻔함, 용기다. 그리고 우리는 반드시 우리의 지식과 예술과 정서를 타인과 교감할 수 있다는 '믿음'이다.

공부의 즐거움은 단순히 성적이 오르는 성취의 즐거움에 그치는 것이 아니라, 이 세상의 숨은 작동원리를 배우는 순수한 기쁨에서 우러나온다. 왕따도 학교폭력도, 어른들의 또 다른 폭력과 권위로는 진압할 수 없다. 왕따와 학교폭력을 근절하자는 공허한 외침이 아니라, 아이들과 함께 《회색 노트》를 다시 읽고 《홍당무》를 다시 읽고 《데미안》을 다시 읽는 기쁨을 나눌 수는 없을까. 이 세 권의 소설을 읽고, 왕따와 폭력이 한 소년의 영혼과 육체를 어떻게 파괴하는지를 이야기해본다면, 조금 더 문제의 핵심에 가까이 다가갈 수 있지 않을까. 그리고 친구들에게 매일 '삥'을 뜯기고, 따돌림을 당하는 상황에서도 용기를 잃지 않은 이 '이야기 속 주인공들'의 삶에서 또 다른 구원의 에너지를 찾을 수 있지 않을까. 그리하여 '인문학은 우리와 상관없다'고 느끼는 이들에게도 널리 알렸으면 한다. 수많은 철학자들은 인간과 인간 사이의 '차별'과 '고통'과 '억압'을 연구했음을, 그리하여 조금이라도 더 나은 세상을 만들려고 애쓴 그 모든 몸부림이 바로 인문학의 여정임을.

누군가 인문학이 도대체 뭐냐고 묻는다면, 나는 이렇게 대답하고 싶다. 전혀 상관없어 보이는 우리들이, 끝내 서로 '연결'되어 있음을 알려주는 모든 지식이 인문학이라고. 지구 반대편에 있는 낯선 사람과도, 아프리카 초원을 달리고 있는 야생동물과도, 눈에 보이지 않을 정도로 작은 각종 미생물과도, 우리가 어떤 방식으로든 '연결'되어 있음을 알려주는 것이 인문학이라고. 우리와 전혀 상관없어 보이는 고통에 귀 기울이는 것, 우리가 굳이 애를 써서 찾아다니지 않으면 알 수 없는 타인의 고통과 만나는 것. 그 고통에 우리가 '가해자'나 '공모자'가 되지 않도록 온 힘을 다하는 것. 그리하여 그들의 고통과 우리의 고통이 한곳에서 만날 수밖에 없음을 깨닫는 것이 인문학이라고 믿는다. 당신의 존엄과 나의 존엄이 결코 다르지 않음을 깨닫는 순간, 그 순간이 바로 '번쩍, 하는 인문학적 교감'의 순간이다.

나만의 글쓰기, 나만의 비평을 시작하자
─나에게 글쓰기란: 나도 몰랐던 나를 발견하는 비밀통로

인간이 숲을 나와 문화생활을 하게 된 것은 비평을 통해서였다. 모두가 나체인 것에 이의를 제기하고 옷을 입을 것을 권고한 사람은 최초의 비평가였다.

─E. L. 고드킨Edwin Lawrence Godkin

1

자기표현은 자기 PR과 전혀 다르다. 현대인들은 자기 자신의 일거수일투족을 각종 SNS를 통해 광고하는 데는 저마다 일가견이 있지만, 자기 자신의 진심을 편안하게 토로하는 데는 예전보다 오히려 서툴게 되었다. 진심을 표현하면 공격당할지도 모른다는 두려움이 커진 사회. 진짜 속내를 털어놓으면 누군가에게 약점을 잡힐까 봐 두려워하는 사회. 어찌 되었든 자기 자신을 쓸 만한 상품으로 포장해서 이 무한 경쟁사회에 멋들어지게 전시해야 한다는 강박관념. 이것이 현대인이 자기 PR은 멋들어지게 잘하지만 진정한 자기표현에는 의외로 서툴게 되어버린 까닭이 아닐까.

나는 원래 자기 PR은 물론 기본적인 자기표현에도 서툰 사람이었다. 특히 20대 초반에는 뜻대로 표현되지 않는 내 마음 때문에 골머리를 심하게 앓았다. 여중여고를 연달아 다녔을 뿐 아니라 집에서도 늘 수많은 여성들 속에 둘러싸여 살았기 때문에 남녀공학의 분위기에 익숙하지 않았던 것이다. 남학생들 특유의 거칠고 엉뚱한 감정표현방식은 물론, 아무런 사전 정보도 없이 갑자기 접하게 된 대학문화의 자기표현법은 낯설기 그지없었다. 예를 들어 선배들은 초장부터 다짜고짜 '자기소개'를 해보라고 당당하게 요구했고, 나는 내 이름 외에 그 무엇을 더 소개할 수 있는지 알 수 없어 어리둥절했다. 누군가 나를 좋아한다고 말하면 그 사람이 괜히 무서워서 슬슬 피해 다녔고, 내가 누군가를 좋아하면 그 자연스러운 감정조차 폭발 직전의 화약처럼 무서운 것이라 생각하며 끝까지 함구하는 것이 유일한 길(?)이라 믿었다. 누군가를 좋아하는 감정뿐 아니라, 어떤 사건에 대해 내 생각을 솔직하게 말하는 것도 쉽지 않았다. 대학사회의 수많은 은어, 비속어, 어려운 인문사회과학 용어의 각축장 속에서 내 서툴고 가난한 언어들을 펼쳐 보인다는 것이 마냥 두려웠다. 그래서 나는 곧잘 타인에게 더 잘 보이기 위해 나를 포장할 필요가 없는 자신의 내면으로 숨어들어 가곤 했다. 감정을 입말로 제대로 표현하지 못하다 보니 나도 모르게 글말로 방향 전환을 하게 되었다. 일기를 쓰거나 편지를 쓰거나 이도저도 아닌 부질없는 낙서를 하다 보면, 마음이 뭉게구름처럼 산뜻하게 부풀어 오르고, 걸핏하면 도지는 영혼의 몸살도 가라앉곤 했다.

그때 나는 처음으로 알았다. 제대로 마음을 표현하지 않으면, 인간의 영혼은 병들게 되어 있다는 것을. 너무 직접적으로 감정을 표현하면 관계가 파탄 날 수 있고, 너무 간접적으로 에둘러 표현하면 솔직한 감정의 카타르시스를 느끼기 어렵다. 그래서 자기 이야기를 언제든 서로에게 털어놓을 편안한 상대가 필요한 것이 아닐까. 그런데 그것이 여의치 않을 때가 있다. 친구에게 털어놓기도 민망할 때, 가족에게 털어놓기도 불편할 때. 그럴 땐 나 자신을 향해, 혹은 막연히 어떤 가상의 상대를 향해 글을 쓰는 것이 커다란 위로가 된다. 내 마음이 무엇인지 나조차 모를 때가 있다. 그럴 때 글을 쓰면, 우리 마음속에 숨어 있는, 투명한 나 자신과 만나는 비밀통로가 하나 생긴다. 갑자기 아무거나 떠오르는 대로 글을 쓰는 것보다는 테마를 정해놓고 글을 쓰는 것이 훨씬 도움이 된다. 10년 후의 나를 향한 편지라든지, 언젠가 다가올 죽음을 상상하며 쓰는 가상의 유서라든지, 내 마음을 아프게 하는 것들의 목록이라든지, 어떤 어려움이 닥쳐와도 꼭 지켜야만 할 나만의 소중한 가치들이라든지, 아무도 모르는 나만의 아킬레스건이라든지. 이렇게 우리 안의 절실함이나 절박함을 끄집어내는 테마를 잡아 글을 쓰다 보면, 내 문제가 무엇인지, 내가 원하는 것이 무엇인지, 내가 세상을 어떻게 바라보는지가 암실에서 사진이 인화되는 것처럼 선명하고 반갑게 떠오르는 것이다.

2

사람들은 '비평은 비평가나 하는 거지, 뭐'라고 생각하며 비평을 머나면 남의 일로, 또는 지식인들의 전유물로 취급하곤 한다. 하지만 비평은 오히려 창작보다도 선행될 때가 많다. 사람들은 일상적으로 비평을 하지만 스스로 인식하지 못할 뿐이다. 드라마나 광고나 심지어 타인의 블로그에 대해서도, 사람들은 끊임없이 비평적 언급을 남긴다. 댓글은 물론 가벼운 수다까지, 그 모든 '무엇에 대한 말하기와 글쓰기'는 메타적이고 비평적인 욕망에서 비롯된다. 때로는 창작보다 비평의 욕망이 먼저 튀어나오기도 하고, 어떤 작품에 대한 표현할 수 없는 내면의 비평으로 인해 작가의 창작이 촉발되기도 한다. 하루에도 수십, 수백 개의 다채로운 콘텐츠를 자신도 모르게 폭식하는 무한 미디어 사회. 이런 사회에서는 '내가 본 것'에 대한 진솔한 비평적 글쓰기가 곧 훌륭한 자기표현이 될 수 있다.

막상 '너 자신에 대해 이야기해봐'라고 하면 너무 낯설고 어렵지 않은가. 나 자신에 대해 곧바로 이야기하는 것보다는 내가 좋아하는 무엇에 대해 이야기해보라고 하면 사람들은 좀 더 쉽게 말문을 틀 수 있다. 비평 또한 나에게는 바로 그런 면에서 매력적인 장르로 다가왔다. 비평은 '메타적 글쓰기'이기 때문에 그 창조성을 폄하당하기도 하지만, 바로 그 '메타의 힘'이야말로 비평의 끊이지 않는 원동력이기도 하다. 메타의 힘은 일종의 교묘한 연기력이다. 무엇에 대해 쓰는 척하면서, 사실은 바로 자신의 이야기를 슬쩍 끼워 넣을 수 있는 것이 바로 비평이기 때문이다. '이 작품이 어떤가'를 쓰면서 사실은 그 작품을 그렇게 보는 나 자신을 간접적으로 드러내고 있는 것이다. 비평은 '이 글은 온전히 내 것이다'라는 명제에서 오는 심리적 부담을 줄이면서, '사실은 내 것'을 털어놓는 글쓰기, 그러니까 감추면서 드러내는 글쓰기다. 물론 작품과 전혀 상관없는 이야기를 할 수는 없지만, '작품이 끄집어낸 나의 무의식'을 조금씩 끄집어내면서, 평론가는 작품을 통해 비로소 깨어난 스스로의 숨은 내면과 진정으로 대면하게 된다. 그 감추어진 마음의 은밀한 미로를 읽어주는 '지음知音의 벗'을 만날 때면, 평론가는 어느 때보다도 가장 행복해한다.

평론가에게 가장 큰 행복은 좋은 작품을 만났을 때이지만, 마음에 드는 작품이 없다고 해서 평론을 쓸 수 없는 것은 아니다. 평론은 어떤 작품에 대해서만이 아니라 우리 마음속에서 남몰래 읽고 싶어 하는 가상의 문학작품들, 아직 태어나지 않은 문학작품들을 향해서도 늘 눈과 귀를 열어두어야 하기 때문이다. 이런 문학이 있었으면 좋겠다는 간절한 염원도, 문학이 우리 사회에서 이런 역할을 했으면 좋겠다는 소박한 희망도, 평론이 될 수 있다. 아직 태어나지 않은 이 세상의 모든 작품을 향해서도, 평론은 가능하다. 특정한 대상 작품이 없어도 평론은 평론가의 마음속에서 자발적으로 피어날 수 있는 것이다. 평론은 무엇에 대한 글이라는 '메타성'으로 정의되는 장르지만, 결국은 평론가 자신의 독립적인 글이기에, 평론가 스스로의 이름을 걸고 태어나는 글이기에, 그 자체로 '창조성'을 지닐 수 있는 것이다.

3

문학은 나를 '문학 아닌 것'과 접신하게 만든다. 신기하게도 문학작품을 읽으면서 내 삶은 문학 아닌 것으로 더 넓게 뻗어나가게 되었다. 기자가 좋은 기사를 쓰기 위해 끊임없이 현장을 취재하듯, 평론가도 좋은 평론을 쓰기 위해 문학작품뿐 아니라 문학작품이 발 딛고 있는 현실의 다양한 현장들을 공부해야 한다. 그런 과정에서 나는 글쓰기가 더욱 재미있어졌고, 문학을 통해 삶이 더욱 풍요로워지는 것을 느꼈으며, '문학 아닌 것들'의 힘으로 문학의 뿌리가 더욱 단단해지는 행복한 체험을 하곤 했다. 그런 의미에서 사실 '문학 아닌 것들'은 없는 셈이다. 어떤 작가가 작품 속에서 묘사한 사건들을 제대로 알기 위해 역사자료를 뒤지기도 하고, 어떤 작가가 작품 속에서 좋아한 그림을 직접 가서 보기 위해 미술관을 찾기도 하고, 어떤 작중인물이 작품 속에서 좋아한 음악을 듣기 위해 음반을 구입하기도 하고, 어떤 주인공이 작품 속에서 먹은 음식의 향취를 느끼기 위해 그 음식점에 찾아가기도 하는 것이다. 이런 경험들이 '제사보다 젯밥'에 관심 있는 나의 평소 성향과 잘 맞는 행복한 의외성이었고, 이런 경험들이 나를 문학 안에만 갇혀 있지 않도록 나를 자꾸 '세상 밖으로' 나오라 충동질한 아름다운 유혹이었던 것이다. 책 읽는 것 말고는 이렇다 할 취미가 없었던 나의 재미없는 캐릭터를 음악과 미술과 영화와 여행을 문학만큼이나 사랑하는 오지랖 넓은 캐릭터로 만들어준 것, 그것 또한 문학의 힘이었다.

그렇게 작품 속 주인공들의 꿈과 사랑과 취향과 경험 속으로 빠져

들다 보면, 나도 모르게 그들과 직접 만나고 있는 듯한 행복한 착시를 느끼게 된다. 모든 대사와 모든 행동을 기억할 수는 없지만, 기억하고 있는지도 몰랐던 뜻밖의 장면이 결정적 순간에 떠올라 나를 행복하게, 때로는 슬프게 만들기도 한다. 누군가와 헤어졌을 때, 사랑하는 사람을 영원히 볼 수 없게 되었을 때, 오히려 그 어떤 살아 있는 사람들보다도 문학작품 속의 수많은 주인공들이 나를 위로해주기도 한다. 위로라는 것은 서로에게 마음의 부채를 남길 수도 있기 때문에, 누군가의 직접적인 도움을 청하기 어려울 때는 작품 속의 주인공들에게 SOS를 청하기도 한다. 문학은 단단하고 분명한 줄로만 알았던 '나'라는 존재의 경계에 의문을 품게 만들고, 나답지 않다고 믿었던 것조차 내 안에 품어 안을 수 있는 결정적 기회를 준다. 증오하고 있는지도 몰랐던 것, 사랑하고 있는지도 몰랐던 것, 나를 구성하고 있는 성분인 줄도 몰랐던 것들을 우리는 문학을 통해 만날 수 있는 것이다.

4

내가 문학을 짝사랑하지 않을 수 없는 가장 결정적인 이유는, '문학이 아니라면 만나지 못했을 사람들'에 대한 무한한 짝사랑 때문이다. 내가 글 쓰는 사람이 아닌 다른 일을 했더라면 만날 가능성이 거의 없는 사람들, 특히 나와 비슷한 문학평론가들이나 나의 글쓰기 수업에 들어온 학생들이야말로 나를 끊임없이 채찍질하게 만드는 소중한 인연들이다. 그저 한 학기 동안 스쳐가는 인연일 수도 있었지만, 오랜 시간이 지난 지금까지도 편지를 보내거나 전화를 해주는 학생들의 존재야말로 가끔씩 길을 잃곤 하는 나에게 해맑은 이정표가 되어준다. 나의 글을 꼼꼼히 읽고 문제점을 짚어주는 선배들의 따스한 눈빛, 겉으로는 무뚝뚝하시지만 결정적인 순간에 '네 글 잘 읽었다'고 말씀해주시는 선생님들의 입가에 떠도는 토실한 미소. 이런 것들이 그 어떤 것들보다도 나를 살아 있게 만드는, 문학이 내게 준 가장 큰 선물이다.

문학, 그런 '쓸모없는 건' 해서 뭐하냐고 야단치셨던 어머니 또한 나에게는 더없는 멘토가 되어주셨다. 우리 어머니는 공부를 크게 두 종류로 나누신다. '끝이 있는 공부'와 '끝이 없는 공부.' 끝이 있는 공부란 자격증 시험이나 국가고시처럼 뭔가 확실한 목표를 가진 실용적인 학문을 일컫는다. 끝이 없는 공부란 바로 내가 하는 공부, 인문학을 비롯한 각종 비실용적인 학문들을 가리킨다. 이 얼마나 명쾌한 분류법인가. 그러니 끝이 없는 공부는 해서 뭐하냐고, 고생만 하고 보람도 없는 건 아예 시작도 말라고 하셨던 어머니. 철없는 스무 살의 나는 그런 엄마를 남몰래 원망하며 더더욱 말 안 듣는 청개구리처럼 '끝이 없는 공부' 근처만 맹렬히 서성거리곤 했다. 끝이 없는 공부를 예전보다 더 깊이 짝사랑하게 된 지금은, 끝이 없는 공부에 빠져드는 심각한 위험에 처한 딸을 바라보는 엄마의 막막한 심정을 아주 조금은 알 것 같다.

이제는 어렴풋이 알 것 같다. 끝이 없는 공부와 끝이 있는 공부의 사이는 엄청나게 멀어 보이지만, 그 둘은 사실 처음부터 하나라는 것을. 끝이 없는 공부도 끝이 있는 공부처럼 이 세상에 결국 쓸모가 있고, 끝이 있는 공부도 결국 더욱 많은 사람들에게 쓸모 있게 만들기 위해서는 결국 끝없이 공부해야 하는 것임을. 공부의 의미는 단지 주어진 문제에 올바르게 대답하는 매뉴얼을 개발하는 데 있는 것이 아니라, 없는 문제조차도 만들고, 없어 보이는 문제까지도 발견해내고, 더 나은 삶을 위해, 조금이라도 이 세상을 더 낫게 만들기 위해 이 세상의 치명적인 문제점을 찾는 일에 있지 않을까. 문학은 그 '끝이 없는 공부'와 '끝이 있는 공부' 사이의 아득한 거리를 메우는 아름다운 가교가 아닐까. 문학만을 대단하게 만들기 위해 오직 문학만을 답답하게 공부한다면, 정작 우리의 문학은 달가워하지 않을 것이다. 문학은 이 세상 모든 것들을 책 한 권에 담을 수 있는 끝없이 깊고 넓은 그릇임과 동시에, 대답 없는 세상을 향하여 끝없이 문을 두드리는 사람들을 위한 따스한 희망의 마지노선이 되어야 하지 않을까.

　강연을 할 때 가장 많이 받는 질문은 바로 '어떻게 글을 써야 하는가'와 관련된 것들이다. 그때마다 나는 청중의 나이와 분위기에 맞추어 조금씩 다른 대답을 한다. 사실 정말 부끄럽다. 나 또한 늘 글을 쓰는 과정 속에서 글쓰기를 매번 배우는 중이기 때문이다. 그러나 남녀노소에 관계없이 내가 늘 강조하는 것이 있다. 바로 '광기 어린 메모의 열정'이다. 자기만의 글을 쓰고 싶은 분들에게 내가 가장 추천하는 글쓰기의 첫걸음은, '저 사람 조금 미친 거 아닌가 싶게, 마구잡이로 메모를 해보라'는 것이다. 내가 배우고 느낀 것은 물론, 아직 '완결된 생각의 덩어리'가 아니지만 뭔가 마음을 미세하게 간질이는 느낌을, 제대로 언어화되지 않은 야생의 느낌을, 일단 한번 종이 위에 옮겨보라는 것이다. 문장이 되지 않는다면 그림을 그려도 좋고, 악보나 만화를 그려도 좋다. 그 '첫 번째 느낌'을 메모하고, 그 메모를 글월로 변환하는 작업이 바로 글쓰기의 묘미다.

　우리는 장르에 맞게, 청중에 맞게, 상황에 맞게 글 쓰는 법에 익숙해져, '정말 온전히 나 자신의 생각을, 어떤 눈치도 보지 않고 표현하는 법'을 잊어가는 것이 아닐까. 나는 글을 쓰면 쓸수록, 점점 더 '내가 쓰고 싶은 글쓰기'에 아주 조금씩 진정으로 다가가는 법을 배우는 느낌이다. 때로는 소의 되새김질처럼 느리게, 때로는 게걸음처럼 옆으로만 샐 때도 많지만. 그렇게 느리고, 엉뚱하고, 뜻대로 되지 않는 것이 글쓰기의 치명적인 매력임을 알기에, 나는 오늘도 다만 쓴다. 그립지만 만날 수 없는 이에게 간절한 편지를 쓰는 마음으로. 정성스레 편지를 다 쓰고 나서도 주소를 몰라 부칠 수 없는 사람의 슬픔을 담아. 너무 멀리 있어 다가갈 수 없는 당신과 언젠가는 반드시 교감할 수 있으리라는 믿음으로.

• '제3회 전숙희문학상' 심사평

'제3회 전숙희문학상' 수상자로 문학평론가 정여울 씨가 선정되었다. 이 상은 故 전숙희 선생이 우리 시대의 탁월한 수필가였음을 기리고, 한국 수필문학의 지평을 넓히고 그 의미를 심화시키고자 제정되어 이미 두 번의 시상을 통해 그 새로운 가능성을 내외에 입증하였다. 넓은 의미의 에세이 전반을 포괄하는 이 상의 지향에 어울리는 저술가들의 폭넓은 활약은 상의 앞날을 약속할 뿐 아니라 우리 에세이문학을 위한 밝은 신호이기도 하다. 정 씨의 저서 《마음의 서재》(천년의 상상)는 이러한 취지에 부합하는 훌륭한 성취로 평가된다. 많은 후보작들 가운데 이 책이 선정된 이유는 대체로 다음 세 가지로 요약된다.

첫째, 저자의 확실한 주관에 입각한 주제, 예컨대 사랑, 삶, 아픔 등을 말하면서 이와 연관된 주제들을 함께 다루는, 말하자면 "거꾸로 된 서평" 형식의 새로운 시도가 흥미로우며, 이를 통해 독자를 빨아들이는 흡인력과 가독성이 놀라웠다.

둘째, 삶과 책에 대한 깊은 사색과 세심한 이해는 삶과 책 모두를 전면적·다각적으로 바라보게 함으로써 인간에 대한 따뜻한 사랑을 유발시키고 있다. 아름다운 마음씨의 소유자로서 저자의 손길이 독자들에게 부드럽게 스며드는 매력이 있다.

셋째, 결국은 문체의 힘을 지적하지 않을 수 없다. 짧고 단아한 문장들이 사태의 핵심을 따끔따끔 찌르고 있는데, 거기에는 동서고금의 논저들에 대한 해박한 지식과 더불어 문학 이외 음악, 미술, 영화 등의 인접 장르들, 그리고 사회과학, 자연과학까지 터치하는 관심과 지식이 적절하게 활용된다.

요컨대 이 시대의 핵심적인 문제들을 갖가지 문화정보를 통해서 주체적으로 소화하고 표현하는 《마음의 서재》는 우리 모두의 서재가 되어도 좋겠다고 심사자들은 입을 모았다. 정여울 씨에게 축하 말씀 드린다.

심사위원 김후란 (시인) | 김주연 (문학평론가) | 왕은철 (문학평론가)

마음의
서재

정여울 감성 산문집

지은이　　　정여울

■

2013년 2월 18일 초판 1쇄 발행
2015년 2월 9일 개정판 1쇄 발행
2015년 3월 13일 개정판 2쇄 발행

■

책임편집　　홍보람
기획·편집　　선완규·안혜련·홍보람·秀
기획·디자인 아틀리에

■

펴낸이　　　선완규
펴낸곳　　　천년의상상
등록　　　　2012년 2월 14일 제300-2012-27호
주소　　　　(121-865) 서울시 마포구 동교로 45길 26 101호
전화　　　　(02) 739-9377
팩스　　　　(02) 739-9379
이메일　　　imagine1000@naver.com
블로그　　　blog.naver.com/imagine1000

■

ISBN　　　979-11-85811-03-1 03810

■

이 도서의 국립중앙도서관 출판예정도서목록(CIP)은 서지정보유통지원시스템 홈페이지(http://seoji.nl.go.kr)와
국가자료공동목록시스템(http://www.nl.go.kr/kolisnet)에서 이용하실 수 있습니다.
(CIP제어번호: CIP2015002390)